때로는
혼자라는
즐거움

때로는 혼자라는 즐거움

초판 1쇄 인쇄 2020년 12월 1일
초판 1쇄 발행 2020년 12월 7일

지은이 정재혁
펴낸이 정해종
편　집 정명효
디자인 유혜현

펴낸곳 ㈜파람북
출판등록 2018년 4월 30일 제2018-000126호
주소 서울특별시 마포구 양화로 12길 8-9, 2층
전자우편 info@parambook.co.kr **인스타그램** @param.book
페이스북 www.facebook.com/parambook/ **네이버 포스트** m.post.naver.com/parambook
대표전화 (편집) 02-2038-2633 (마케팅) 070-4353-0561

ISBN 979-11-90052-51-1　03810
책값은 뒤표지에 있습니다.

이 도서의 국립중앙도서관 출판시도서목록(CIP)은 서지정보유통지원시스템 홈페이지(http://seoji.nl.go.kr)와
국가자료공동목록시스템(http://www.nl.go.kr/kolisnet)에서 이용하실 수 있습니다.(CIP 제어번호: CIP2020050535)

#나의 자발적 비대면 집콕 생활

때로는
혼자라는
즐거움

정재혁 지음

파람북

잠시 멈춤, 그 후에 보이는 것들

봄이 올 줄 알았는데 바람이 찼다. 벚꽃 흩날리는 아침을 기대했지만, 외출을 하지 못했다. 꽃들의 개화 시기랄지, 곳곳의 꽃놀이 축제 이야기랄지, 세상이 조금은 발그스레 얼굴을 밝힐 시절에 흉흉한 이야기가 들려왔다. 코로나 바이러스… 이름은 조금 귀엽기도 한데, 그 탓에 바깥은 기지개를 켜지 못했다. 사람에서 사람으로 옮는(긴)다는 전염병. 세상은 거리를 이야기하기 시작했고, 잠깐의 멈춤을 떠올렸고, 나는 마스크를 사는 화요일 유일하게 외출을 허락받았다.

마주 오는 누군가를 피해 걷고, 주위 인기척에 신경을 곤두세우고…. 그렇게 꽉꽉하고 차디찬 봄날, 혼자가 된 오늘은 이상하게 나의 빈 옆자리를 생각하게 했다. '가까이할 수 없는 당신'이라는 오래된 유행가 가사가 속절없는 그리움을 그리는 것처럼, 사라진 것에서 느끼는 소중함, 흘러버린 시간에서 알게 되는 어제, 그리고 멀어지는 타인의 인기척으로 인해 알아채는 그와 그들의 존재감이 나를 스쳐갔다. 5년 전 직장을 관두고 다시 돌아왔던 인천 집에서 또 한 번의 봄을 보내며, 나는 많은 이들이 낯설다던 그 계절을 왜인지 알 것 같았다.

'필요하지 않은, 급하지 않은 외출은 자제하라'는 말은 나에겐 별 의미가 없는 말이다. 나가도 되고, 안 되고, 출근을 해도 되고, 안 되고… 하루 세끼 해결은 물론 자고 일어나는 시각도 제멋대로인 나와 같은 패턴을 가진 사람에게는 사실 아무런 지장도 의미도 없을 문장이다.

나는 10여 년 동안 직장을 출퇴근하며 생활하다가 갑작스레 병원 신세를 졌고, 이후 홀로 생활한 지 5년째 흘러가고 있다. 매일이 매일 같은, 요일도 계절도 잃어버린 철저히 혼자인 외딴 시간이 아무렇지 않게 흘렀다. '잠시 멈춤'이라 하기엔 장대한 날들이었고, 거리를 두려 하지 않아도 사람들은 멀어져갔다. 아는 사람은 알던 사람이 되었으며, 친구란 어감의 온기도 싸늘하게 식어만 갔다. 혼자 지내는 것을 좋아한다고 생각했지만, 그건 사실 진짜 의미의 '혼자'가 아니었는지도 모른다. 내가 알던 시간에서 도태되고 나서 홀로 걷는 날들은 빈자리가 드러나는 상실 혹은 이별 이후 눈물 젖는 시간과 더 같았다. 얼마나 많은 이별 영화에 눈시울을 적셨는지, 얼마나 많은 유행가에 마음을 뺏겼는지….

세상이 돌연 멈춰섰던 5년 전 어느 봄 이후, 많은 것이 멀어지고, 사라졌다. 나는 명함 속 직함은 물론 여러 사회적 관계들마저 빼앗겨버렸고, 그 자리에 자라나는 새로운 계절을 바라봤다. 세상엔 시작을 예고하며 찾아오는 봄도 있지만, 나를 다시 바라보기 위해 다가오는 계절로서의 봄도, 어쩌면 있다.

...

자주 보는 '친구'가 있다. 실제 얼굴을 마주하는 사이는 아니지만, 페이스북에선 친구라 불리는 그는 일본에서 책방을 운영하는 코바야시 타카유키라는 남자다. 매일 아침 페이스북을 켜면 그가 올린 생전 처음 보는 사진집, 이름도 어려운 디자이너의 아트북 영상이 올라와 있다. 어느새 그의 페이스북을 들여다보는 시간은 내 아침의 작은 시작 같은 풍경이 되어버렸다. 그는 'floatsomebooks'라는 온라인 책방을 10년째 운영하고 있다. 지난 겨울엔 도쿄 외곽 다이타바시에 로드숍을 오픈했는데, 아무런 상관이야 없겠지만, 모두가 온라인으로 피신하는 시절에 오프라인으로 외출을 해버린 셈이다. 그런 얄궂은 계절에 그가 한 잡지와 나눈 인터뷰가 내 얘기인 것만 같아 그야말로 무릎을 '탁' 치고 말았다. 오프라인 서점을 연 시점에 닥쳐온 코로나19의 얄궂은 타이밍에 대해 그는 이렇게 이야기했다.

"사실 그저 예전으로 돌아왔을 뿐인데, 이상하게 무언가 '스텝

업'한 느낌이 있어요. 왜, 타임리프 소재의 영화를 보면 미래를 알고 과거를 사는 사람들이 나오잖아요. 그런 느낌이랄까요."

이미 아는 내일을 살아가는 오늘. 내가 알던 어제가 내일이 되어 버리는 일상. '다시 이전으로 돌아왔지'만, 왜인지 날짜와 요일은 달라졌고, 매일이 반복인 듯한데 계절은 흘러간다. 멈춰있는 듯싶은데 한 걸음, 한 걸음 걷고 있다.

봄 대신 찾아온 코로나 시절이 처음엔 어리둥절하기만 했다. 남들은 외출을 못해, 사람을 만나지 못해 여러 면으로 지장이 생기나 본데 내게 해당하는 말은 아니었다. 그런데도 어딘가 다른 시간대에 떨어져버린 듯한 느낌이 들었던 건, 내가 변덕스러워서였는지, 하수상한 세상 때문이었는지…. 시간이 조금 흐르자 얄밉게도 '차라리 잘 됐다' 싶은 마음이 스멀스멀 기어 나왔다. 나만 멈춰있는 게 아니라는, 못나고 볼품없는 자위 같은, 그런 이기적인 마음이었다. 하지만 조금 더 집에서 보내는 날들이 늘어나자, 함께 사는 세상에 '차라리 잘 된' 일은 어디 하나 없다는 것을 절감하고 말았다. 얄팍한 생각은 결코 오래가지 못한다.

세상이 모두 같이 멈췄던 그날 이후, '코로나'라는 이름의 계절은 나의 지난 5년여를 되돌아보게 했다. 매일이 매일 같아 모르고 지내던 날들에 차이를 느끼게 해주었다. 별것도 아닌 배달 치킨을 기다리는 시간, 바로 건너편에 사는 누나가 집에 오는 주말 저녁이, 실은 소소하지만 설렜던 시간임을 알려주었는지 모른다. 김춘수의 시 〈꽃〉을 가져오지 않더라도, 누군가 무어라 불러주었을 때 알게 되는 계절이 있다. 그리고 그건 내게 상실을 받아들이고, 멈춤을 이해하는 일, 가장 나다운 나를 바라보는 시간이었다. 놓치고 지나왔던 나의 빈칸, 걸음을 멈추면 보이는 거리의 풍경을, 그 시절의 그 봄날이 어쩌면 곁에 데려와 주었던 것인지 모른다.

'멈춤'이라는 말은 초라하고 외롭게 울리는 말이지만, 나는 요즘 종종 '나'에게 멈춰 본다. 혼자가 된다는 건 뉴스에서도, 잡지에서도 시끄럽게 떠드는 키워드가 되어버렸지만, 내게만 그려지는 혼자를 생각한다. 갑작스러운 브레이크 이후 회사도 다니지 않는 내게 유일한 수확이 있었다면, 그건 나라는 이름의 혼자, 그곳에 펼쳐지는 내일을 향한 작은 설렘과 바람 같은 것이었다. '멈춤'은 한 걸음도 나아가지 않지만 결코 물러서는 걸음이 아니다. 나는 이제야 그 머무름의 내일을 알 것만 같다.

나에게 그 머무름이 가치 있게 다가왔듯, 나의 이야기가 누군가에게 쓸모 있는 읽을거리 혹은 잠깐의 의미 있는 멈춤이 되었으면 좋겠다. 하루, 이틀이 아니라 계절과 계절을 사는 일. 아무리 느리다 해도 세상은 나아가고, 더하기의 시간이다. 오늘은 사놓고 보지 않았던 잡지를 뒤적이며, '나는 지금 어제 남기고 온 나의 내일을 줍고 있는 게 아닐까' 같은 말도 안 되는 생각을 긁적이고 있다.

3시부터는 바람이 잦아진다고 하는데, 옷을 챙겨 입고 어서 케이크를 사러 가야 한다. 늦잠 자고 일어난 아침에도 나름의 정취는 있다. 이건 절대 변명이 아니고 정말 집콕 5년차의 깨달음이다. 하하하.

2020년 어느 아침
정재혁

차례

집

동네

친구

코로나 시절의 아침

집

표ㅅ

'오프'에 스위치를 켜던 날

종종 '오프'를 찾아 방구석을 헤매는 날이 있다. 오래전 사두고 방치한 잡지의 전혀 새롭지 않은 뉴스를 읽거나, 노트북의 작은 화면 대신 소파에 앉아 거실의 오래된 52인치 LCD 스크린으로 올레TV의 무료 흑백 영화를 보거나, 작은 테이블 조명을 켜고 커피 한 잔을 가져와 좋아하는 밴드 미츠메의 라이브를, 최근 더욱 활발해진 해시태그 덕에 손쉽게 찾아 즐기기도 한다. 그렇게 스위치의 전원을 살며시 꺼본다.

집에만 있던 날, 영화《백엔의 사랑》을 봤다. 좀처럼 잘 나가지 못하는 감독 타케 마사하루가 '이번이 마지막이다'라는 절박함으로 벼랑 끝에서 만들어낸 2014년 작품이다. 내가 그 영화를 본 건 지난해였는데, 집에만 있다 보면 난데없이 해묵은 영화를 보는 일이 아무렇지 않게 벌어진다. 영화는 대학을 졸업하고도 취업을 하지 못한 채 방구석에만 처박혀 매일을 보내는 여자 이치코의 곰삭은 일상에서 시작한다. 주야장천 게임만 하거나 누워 잠만 자거나… 요즘 이야기하는 온(On)과 오프(Off)로 이야기하면 군더더기 하나 없이 완벽히 오프로 무장한 24시간인데, 볼품없기 그지없다.

그녀에겐 동생이지만 이미 결혼을 한 후미코가 있다. 동생의 아들이자 이치코의 조카 아홉 살배기 남자아이는 그나마 그녀와 가장 많이 대화를 나누는 상대다. '오프'의 시간이란 유유하고 평온하기만 한 것 같지만, 벌거벗은 그날의 하루는 한심하기만 하다. 때론 처량맞기도 한데, 동생과 머리칼을 붙잡고 싸우는 꼴을 보고 있노라면, 심지어 치열하기까지 하다. 영화는 한바탕 싸움 후 집을 뛰쳐나간 이치코의 복싱 도전기로 옮겨간다. 그녀는 그제야 어디에 숨었는지 찾지도 못했던 자신의 스위치에 불을 켠다. 그때 난 그녀를 본 것인지, 나를 본 것인지, 지난하고 길기만 했던 '오프'에 불이 켜지는 기분이 들었다.

온이 아닌 오프, 오프로 살아보자는 이야기는 사실 좀 쓸데없이 세련됐다. 업무에, 사람에, 관계에 시달려 이런저런 스위치를 꺼보는 건 도심 한복판 신록처럼 그럴싸하게 들려오지만, 실은 꽤 나약하고, 때로는 모순되며, 가끔은 잘 보이지도 않는 문장이다. 잡지사에 다니던 시절, '오프'를 주제로 한 기획을 나는 여러 번 한 적이 있다. 도심에서 휴식을 찾고, 캠핑, 크래프트맨십, 포틀랜드 라이프를 이야기하기 위해 마감을 하고, 야근도 했다. 그렇게 오프를 떠들었다. 오프를 위한 수십 번의 이 터무니없는 야근들이란. 결코 '오프'

이지 못한 얼룩진 밤과 새벽이 아직도 종종 떠오른다.

휴대폰을 꺼보자 이야기하고, 며칠만이라도 집에 두고 오자고도 말하고, 디지털 디톡스를 제안하는 시대지만, 멈춰버린 일상에 '오프'는 작동하지 못한다. 돌연 생긴 휴일에 무얼 해야 할지 몰라 허둥대는 것처럼, 오프는 어김없이 온의 상대말이다. 애초 오프란, 애써서 찾아가는 무언가가 아니다. 나는 늦은 새벽 유튜브를 듣다(대부분 라디오 프로그램을 눈을 감고 듣다가 잠든다) 눈물을 닦았던 밤이 숱하게 많다. 회사를 그만두고 남은 것은 그나마 SNS로 연결되어 있는 몇몇 사람과의 끄적임뿐이었다. 사실 '오프'가 되어 본다고 할 때, 그 스위치는 어디에 있는지. 휴대폰과 노트북은 끄더라도, 나의 전원은 깜박깜박, 점멸하던 날들이 숱하게 스쳐간다.

'오프'라는 말을 좋아한다. 치장을 하지 않는, 남을 의식하지 않는, 자랑하지 않아도 기죽지 않는 수더분한 오프의 시간을 좋아한다. 오프라는 말은 요즘 유행하는 아날로그로의 오프이기도 하지만, 그 말이 유행되려 할 때 한 발짝 뒤로 물러서는 '자리'로서의 오프를 좋아한다. 벌써 5년째 집에서만 생활하고 있지만, 내게 그런 오프의 시간은 좀처럼 흐르지 않았다. 오늘도 종일 집, 그리고 아파트 단지 안만 어슬렁거렸지만 오프의 시간은 흐르지 않았다. 오프라는 건 내게 '온' 바로 옆자리 – 너와 그들의 곁, 그리고 세상과 나 사이에 작동하는 말이었다.

집에만 틀어박혀 보내는 일상에 그런 스위치는 애초 성립할 리 없다. 매일이 무언가를 하기 위함이었던 애씀의 시간, 다시 예전으로 돌아가야 한다는 바보 같은 집착에서 벗어나지 못했던 무게. 그렇게 '온'을 갈망했던 날들에 '오프'는 오히려 그들을 다시 만나는 일이었다. 그곳을 다시 찾는 오후였고, 그 지긋지긋했던 마감 언저리의 일상을 다시 서성이는 것이었다. 그렇게 바보 같은 걸음으로 5년여. 나는 스위치를 잃어버렸는지도 모른다.

아마도 내가 아는 한 가장 바쁜 한 친구는 종종 휴대폰을 집에 두고 외출을 한다고 했다. 얼마 전 오랜만에 재회한 초등학교 동창은 여유를 위해 주기적 생식을 한다고도 했다. 다들 '오프'를 원한다. 오프가 하고 싶다. 나는 그들처럼 휴대폰을 두고 나오거나(나갈 일이 압도적으로 적지만), 생식을 하지도 않지만 종종 '오프'를 찾아 방구석을 헤매는 날이 있다.

오래전 사두고 방치한 잡지의 전혀 새롭지 않은 뉴스를 읽거나, 노트북의 작은 화면 대신 소파에 앉아 거실의 오래된 52인치 LCD 스크린으로 올레TV의 무료 흑백 영화를 보거나, 작은 테이블 조명

을 켜고 커피 한 잔을 가져와 좋아하는 밴드 미츠메(ミッメ)의 라이브를 최근 활발해진 해시태그 덕에 손쉽게 찾아 즐기기도 한다. 그렇게 스위치의 전원을 살며시 꺼본다.

'오프'를 산다는 것은, 이어폰을 꽂고 듣던 음악을 먼지 쌓인 플레이어에 CD를 넣고 들어보는 오후 같은 날이다. 오프를 산다는 건 저장만 해두었던 칼럼들을 하나둘 클릭해 종이 책 읽듯 훑어보는 일이다. 오프를 산다는 것은 나를 부르는 엄마 목소리에 안방으로 건너가 그 옆에 앉아 TV를 한참 시청하는 일이고, 갑자기 청소를 하자는 누나 말에 짜증을 내는 대신 창을 열고 함께 땀을 흘리는 아침이다. 나에게 오프를 산다는 건, 그렇게 별것 아닌, 반복되는 일상의 조금 다른 호흡이다. 매일의 루틴에 방향을 틀어, 오늘의 계획을 하나 미루고, 그렇게 드러나는 아직 찾지 못했던 조금 '다른 장면'에, '오프'라는 두 글자가 쓰인다.

무언가를 위해 흘러가는 시간이 아닌, 쌓여가는 하루를 위한 시간. 하지 못해서가 아니라 하지 않음으로 생기는 여유. 요즘같이 해시태그를 달고 마음껏 집에서 바깥 생활을 할 수 있는 지경에 이르면, 온·오프 — 이 스위치는 인간 못지않게 변덥스럽다고 밖에 말할 수 없다. 하지만 우리는 그 차이를 알고 있고, 자기만의 오프를 기억하고, 바보같이 또 한 번의 '늘어짐'을 꿈꾼다. 결국 '오프'는 다름 아닌 전환의 스위치라는 것. 그건 여지없이 나 자신으로부터 시작한다. 아무리 볼품없이 치열한 매일이라도, 스스로 스위치를 차단해보는 그런 날이 있다. 어쩌면 사실은 잘 알지도 못하면서.

방구석에 태어나는 독서의 계절

책은 내가 움직이지 않으면 아무 말도 하지 않는다. 그냥 그런 종이더 미에 불과하다. 야마다 점장의 표현을 다시 가져오면 책이 가진 '어긋 남.' 가끔은 시대가 다시 책을 불러오고, 때로는 내가 그 책을 찾아 나 선다.

코로나 때문에 《페스트》가 잘 팔렸다고 한다. 알베르 카뮈가 1947년 발표한 작품, 벌써 반세기가 흐른 그 소설이 2020년 대한민국 서점에서 느닷없이 베스트셀러 순위에 오르내렸다. 워낙에 유명한 명작에, 교과서에도 등장할 정도의 소설이니 그리 놀랄 일은 아니지만, 고작 비슷한 이야기가 적혀 있다는 이유로 사람들은 이 시절 쓸모도 없는 그 책을 다시 한 번 구입했다. 책은 참 수상하고, 인간은 참 단순하고, 어쩌면 그렇게 희망을 버리지 않는다.

예방이 되는 것도, 치료를 해주는 것도 아닌데, 수십 년 전 그 텍스트를 다시 읽는 것을 보면, 그 무렵 우리는 '(카뮈는 아니지만) 스피

노자의 사과나무'를 심었던 걸까. 오래된 소설이 다시 서점가에 오르내리고, 사람들은 어디에도 적혀 있지 않은 해답을 책에서 찾으려 했었던 걸까. 수십 년은 걸릴 사과나무의 계절을, 설마 내심 기대했는지도 모른다. 수상한 책과 나와 너와 사과나무의 이야기. 참고로 나는《페스트》를 사지 않았다.

지난봄, 도쿄의 서점 주인과 메일로 이야기를 나눈 적이 있다. 수십 년째 불황에서 빠져 나오지 못하던 서점가가 근래 보여주는 새로움을 듣기 위한 취재였다. 여기서 그 이야기를 풀기엔 쓸모없이 장황해지지만, 그가 전한 말이 내겐 다시《페스트》를 찾던 그날의 모습과 비슷하게 느껴졌다. 사양산업이란 오명에서 간신히 내일을 빚어내는 책방과, 돌연 들이닥친 암흑 속에 책방을 기웃대고 있는 그날의 너와 나. 서점의 이름은 오모테산도 길변에 위치한 '아오야마 북센터' 본점이고, 이야기를 나눈 건 올해 서른을 넘긴 점장 야마다 유다. 그는 지난해 같은 서점의 롯폰기 지점이 폐관한 이야기, 아트북 중심 서점으로서의 힘듦, 아마존과 함께 살기 위한 애로사항들을 털어놓았다. 그리고,

"책에는 책만의 '어긋남'이 있어요."

이 말이 싱그러웠다. 귓가에 남아 떠나지 않았다. 책은 신간이란 딱지를 달고 출판이 되지만, 새로운 신간에 밀리기 마련이고, 책을 사더라도 정작 읽는 건 제각각. 책의 시간이 시작되는 것은 첫 페이지를 넘기는 순간이다. 책에는 그런 어긋남, 어떤 늦음의 계절이 흘러간다. 우리가 그 시절 다시 1947년 소설을 들척였던 것처럼, 책엔 책의 시간이 흐른다. 내게도 사놓고 보지 않은 책들은 수두룩. 고작 변명처럼 들리겠지만, 그런 책에는 뒤늦게, 이제야 시작하는 두 번째 시간이 기다리고 있다. 책을 다시 만나는 계절로서, 무언가의 메시지, 열매를 던져 주는 시간으로서, 책은 다시 내게 다가온다. 오늘도 집에서 종일을 머무르며 나는 최소 그런 두 번의 '어긋남', 그 이후의 시간을 이야기할 수 있을 것 같다.

첫 번째 어긋남. #기억 불명~2020년 3월 어느 날

츠츠이 야스타카의 《바보(アホ, 아호)의 벽》을 산 것은 순전히 바보 같은 실수 때문이었다. 분명 어딘가에서 그와 비슷한 제목의 책을 추천하는 이야기를 들었는데, 사실 그 책은 뜻은 같지만 뉘앙스는 다른, 철자를 달리하는 요로 타케시의 《바보(バカ, 바까)의 벽》이었다. 그걸 수년이나 지나 지난 3월에 알아차렸다. 고작 한 자 차이이니 그럴 수도 있다 싶겠지만, 구입한 《바보의 벽》은 인간의 바보 같

은 심리를 꾸짖는 일종의 훈계조 책이었고, 구입하고자 했던 또 다른《바보의 벽》은 어찌할 수 없이 서로를 이해하지 못해 미련스러운 바보가 되어버리는, 애처로운 인간사를 풀어내는 인문서다. 수년 전 나는 그 어처구니 없는 실수가 창피해 책장을 덮어버렸을까.

그리고 두 번째 어긋남. #2018년 여름~2020년 5월 이른 새벽

티모시 살라메가 주연하고, 요즘 가장 감각적인 영화를 찍는 루카 구아다니노가 만든 영화《콜 미 바이 유어 네임》을 보고 원작 소설을 사보지 않은 사람은 아마 별로 없을 것이다. 이탈리아와 여름, 한 소년의 성장 무렵을 지나는 이 영화는 '너의 이름으로 나를 불러 줘'란 제목도 로맨틱하지만, 그 이름이 무색하게 내 방에선 그저 무덤덤한 여름이 두 번 지나갔다. 호크니의 그림을 연상케 하는 표지는 왜인지 이 책을 다 가진 듯한 착각에 빠지게도 한다. 어차피 고작 변명일 뿐이지만.

책에는 두 개의 서로 닮은 다른 말이 나온다. 올리버의 '나중에'와 엘리오의 '나중이 아니면 언제?' 사랑 고백을 암시하는 순간의 두 문장이지만, 이 말은 지난 시절 내가 지나왔던 수많은 문턱과 그 너머의 '문장처럼도 들려왔다. 좀처럼 행동에 나서지 못하고 주저했던 나의 숱한 밤과 여린 설렘을 품은 아침에 대한 수사. 가녀리고 찬

란한 러브 스토리에 이런 투박한 해석이 또 있을까 싶겠지만, 나는 정말 그런 기분이 들었다. 그리고, 그 아름다운 소설엔 이런 문장도 적혀 있다.

"(타인의) 입에서 나온 말을 그대로 따라하면 그때까지 잡히지 않던 나에 대한, 삶에 대한, (중략) 나에 대한 진실로 가는 비밀 통로와 마주칠 수 있을지도 모른다."

두 번의 여름을 보내고 또 한 번의 여름을 기다리며, 내 방에 쌓인 보지 않은 책들은 어쩌면 이런 통로로 연결되는 첫 페이지가 아닐까. 그냥 그런 생각을 했다.

책을 사는 것과 읽는 것은 같은 말이 아니라는 걸, 이제는 안다. 간편하고, 간단하고, 가장 만만한 문화 활동인 듯 싶은 독서는 사실은 꽤 수상한 활동이라, 사놓고 보지 않은 책이 쌓여만 간다. 어쩔 땐 없는 줄 알고 샀던 책의 2쇄 버전이 책꽂이 구석에 버젓이 꽂혀 있고, 어떤 책도 그때의 황망함을 알려주지는 않는다. 이름 붙이기 좋아하는 일본에선 이렇게 게으름에 쌓여간 책들을 나중에 읽는 독서를 '츤도쿠(積読)'라고도 부른다. 그저 나태함의 허울 좋은 수식일지 모르지만, 책과 나, 나와 책 사이엔 조금은 다른, 나름의 시간이 작동한다. 소위 영화관에 들어가면 좋든 싫든 2시간 남짓을 버텨야 하는 것과 달리, 책은 내가 움직이지 않으면 아무 말도 하지 않는다. 그냥 그런 종이더미에 불과하다. 야마다 점장의 표현을 다시 가져오면 책이 가진 '어긋남.' 가끔은 시대가 다시 책을 불러오고, 때로는 내가 그 책을 찾아 나선다.

츠츠이 야스타카의 《바보의 벽》은 나를 훔쳐보고 있는 듯한 책이었다. 관찰하고 해부하고 파헤치고 드러내는 섬뜩한, 나에 대한 어디에도 보이지 않던 설명서처럼 읽혔다. 그는 에도가와 란포에게 인정받은 몇 안 되는 SF 작가라고도 하는데, 그래서인지 모르는 한자가 숱하게 많았지만, 나를 비판하고 있다는 것만은 확실하게 알 것 같았다.

집에서 생활하는 하루에 만나는 사람은 제한된다. 행동 반경은 물론 동선도 옴짝달싹 하지 못하는 경우가 많고, 얄궂게도 그런 시간에 내가 나를 바라볼 거리는 좀처럼 생기지 않는다. 독이 되든, 약이 되든 나는 나를 위한 서사가 필요했는지 모른다. 설령 그게 내가 바보였다는 사실이었어도.

집에 쌓인 책을 들춰본다는 건 내가 모르던 나의 계절이 시작된다는 이야기다. 지나쳤던 풍경을 바라보는 '다가감'의 시간이다. 내게서 조금 떨어져 타인의 이야기에 잠시 멈춰보는 '마주 봄'의 시간이고, 무엇보다 '어긋남' 이후 다시 시작되는 새로운 계절의 이야기다. 마치 '아는 사람'과 이야기를 나누다 '친구'가 되어가는 것처럼, 책과 나, 다시 만나는 책에는 나름의 사연이 쓰여진다. 나를 위한 메시지가 그곳에 기다리고 있다. 그리고 그건 내게《그해, 여름 손님》처럼 사소하고 은밀하게 다가와 조금은 찬란하게 머물다 간 나만의 계절이었다.

아직도 무수히 많은 미봉의 책들을 곁에 두고, 이 시절에 나는 종종 나무에 물을 주듯, 책에서 나를 찾는다. 나츠메 소세키의《몽십야》가 양장본으로 출간된 건 2004년이었는데, 내가 그 책을 산 건 아마도 3년 전이었다. 나는 또 얼마만의 계절을 기다리고 있는 걸까. 독서의 계절은 아직 시작되지 않았다.

커피는 종종 샴페인이 된다

짐 자무쉬의 영화 《커피와 담배》를 보면, 책을 보는 르네가 자꾸만 다가와 커피를 더 따르려는 점원에게 "방금이 딱 좋았어요. 농도, 컬러, 모두 다"라고 말하는 대목이 있다. 아마도 딴 마음이 있었던 남자는 꽤 머쓱했겠지만, 그 딱 좋았던 순간은 다시 찾아오지 않는다.

혼자 살던 시간을 뒤로 하고 본가에 돌아왔다는 실감은 하루 아침에 번뜩 찾아오지 않았다. 밖에서 사먹던 밥이 매일 아침 식탁에 오르는 엄마표 식단으로 바뀌었고, 방에서 아무렇지 않게 담배에 불을 붙였던 날들은 아파트 단지 구석에서 피는 몇 모금으로 조금씩 변해갔지만, 어떻게든 밥은 먹었고, 담배도 피웠다. 사실 모든 게 달라졌는데 그저 평범한 하루가 지나갔다. 야속하게도 아무런 지장이 없었다.

그뿐만이 아니다. 두 시간이나 걸리는 옛 동네 카페를 힘든 줄도 모르고 열심히 다녔고, 누군가를 만날 때면 상대가 "중간 즈음에서 보아요"라고 이야기해도, "바로 가는 버스 있어요"라고, 별 도움도 되지 않을 구실을 갖다대곤 했다. 아직도 이곳이 아닌 그곳, 오늘이 아닌 어제에 있다고 믿고 싶었던 걸까. 혹은 믿고 있었던 걸까? 벗어나지 못했던, 빠져 나오지 못했던, 부끄럽지만 실은 아프고 가냘픈 날들의 기억이다.

얼마 전 오랜만에 예전에 살던 동네를 다녀왔다. 시내버스를 한 번, 광역버스를 또 한 번, 걸어도 되지만 10분은 족히 되니 마을버스를 다시 한 번 타고서, 내가 살던 동네의 좋아하는 카페에 다녀왔다. 주소로 이야기하면 마포구 서교동. 이름은 비하인드. 근처에 약속이 있어서 겸사겸사 들른 것이기도 했지만, 며칠 전부터 내 맘속엔 '비하인드에 간다'는 스케줄이 적혀 있었다. 세상은 대체할 수 있는 것과 대체되지 못하는 것으로 나뉠는지 모른다. 어릴 적 이사를 하면 새로운 동네를 향한 설렘밖에 없었는데, 혼자가 되어 2년 혹은 3년 단위로 집을 옮겨다니는 일은 그저 고단하기만 했다. 그런데 그것마저 아쉬움이, 그리움이 되어간다. 그리고 그런 마음은 쉽게 대체되지 못한다.

비하인드에선 로스팅을 새로 시작해 원두를 봉투에 넣어 팔고 있었다. 가격은 100그램에 무려 5000원밖에 하지 않았다. 오랜만에 같은 자리에 앉아, 오랜만에 사장님과 인사를 나누고, 오랜만에 바깥 벤치에 앉아 담배에 불을 붙였다. 아이스 카푸치노는 흔치 않은데 그곳의 아이스 카푸치노는 라테보다 여름에 제격이다. 그 흔치 않은 한 잔을 마시고, 한 시간 즈음이 흘러 밖으로 나오며 커피 200그램을 사 가방에 넣었다. 이곳의 아이스 카푸치노, 200그램의 원두는 우리 집에 와서 무언가로 대체될 수 있을까. 200그램이면 고작 열 잔의 시간인데. 세상은 대체할 수 있는 것과 그렇지 않은 것으로 나뉜다.

내가 아는 한 목수 출신 바리스타는 "일본의 목공들은 오전 10시, 그리고 오후 3시에 캔커피를 마시는 습관이 있어요"라고 이야기했다. 나는 예전부터 드라마나 광고 속 샐러리맨들이 옥상에서 하늘을 바라보며 캔커피를 마시는 장면을 좋아했고, 야근하는 주인공에게 커피를 포함해 무언가의 야식을 챙겨 건네는 장면이 나오면, 아무리 못 만든 드라마나 영화라도 조금은 좋아할 수 있을 것 같기도 했다. 커피는 멋스런 카페에, 클래식 음악을 들으며 마시는 한 잔이기도 하지만, 그보다 생활 속 밀접하게 눌러붙은, 내가 아는 어떤 장면의 한 잔이기도 하다.

목공 출신의 바리스타 사카오 씨는 배낭여행 중 호주의 커피에 반해 도쿄에만 카페 다섯 곳을 열었다. "커피로 시작하는 그곳의 아침이 좋았다"고 그는 그 이유를 이야기한다. 집에서도, 동네 카페에서도, 그리고 가끔은 (전)동네 카페에서도 나는 커피를 마시지만, 여전히 절반의 외로움과 우울, 그리고 약간의 설렘이 더해진 오래전 그날의 기억을 마신다. 그리고 그건 분명 대체할 수 없는 한 잔이다.

일을 시작하고 내겐 종종 써먹는 문장이 있다. "내 글의 8할은 아마 커피(혹은 담배)가 썼을 거예요." 사실 왜 8할인지 나조차 알 수 없고, 아무런 근거도 없지만, 글을 쓸 때면 항상 테이블 한 켠에 커피가 있었다. 거짓말같지만, 풀리지 않던 문장은 밖에 나가 한 모금 담배를 태우고 오면 방향을 찾던 날도 적지가 않다.

사실 커피와 나를 이야기하면, 애초 혼자가 편한 사람이라 밖에 나오면 하릴없이 카페에 갔고, 온갖 프렌차이즈 카페를 망라할 정도로 자주 걸었고, 혼자인 곁에 그저 커피가 있었을 뿐인 이야기인지 모른다. 하지만 오늘도 벌써 두 잔째 커피가 책상 위에 놓여 있고, 어제가 아닌 오늘의 커피를 마신다. 나는 가끔 그 시절의 커피를 기억하지만, 커피는 사실 때와 장소를 가리지 않는다.

짐 자무쉬의 영화《커피와 담배》를 보면, 책을 보는 르네가 자꾸만 다가와 커피를 더 따르려는 점원에게 "방금이 딱 좋았어요. 농도, 컬러, 모두 다"라고 말하는 대목이 있다. 아마도 딴 마음이 있었던 남자는 꽤 머쓱했겠지만, 그 딱 좋았던 순간은 다시 찾아오지 않는다. 르네는 설탕 두 스푼, 밀크 조금을 더하고 이전으로 다시 되돌리려 한다. 하지만 분명 그것은 같은 한 잔이 아니다.

집에 돌아와 나는 13그램씩 세 스푼을 밀에 넣어 갈고, 천천히 드립으로 커피를 내리며, 지금 이 시간의 딱 좋은 순간은 언제일까를 생각했다. 동그랗게 산을 그리며 부풀어오르는 거품과 과테말라산 원두의 그윽한 향기. 하지만 이것 역시 내가 아는 그날의 커피는 아니다. 대체할 수 없다는 것과 대체할 수 있다는 것. 이건 사실 같은 말의 다른 문장이다. 어제를 잊지 못한 오늘의 아쉬움과 미련만큼 이질적인 모순의 말들이다. 편도 2시간 걸리는 동네 카페란 게 좀 웃기기는 해도, 그 만큼의 거리는 어김없이 생겨버렸다. 아무리 애써 보아도, 그 만큼의 시절은 흘러버린 것이다.

영화《커피와 담배》의 마지막 에피소드. 아흔을 넘긴 두 노인이 커피를 마시고, 이야기를 나누고, 종종 말러의 음악이 흐르는 이 시퀀스는 몹시도 아름답다. 싸구려 커피를 손에 들고 맛이 없다며 힘없이 이야기하는 두 노인은 20년대 파리, 70년대 뉴욕을 회상하며 커피를 마신다. 흑백 영화의 탁한 화면에 도시의 그 화려했던 시절은 흔적도 보이지 않지만, 노인이 "맛있다"고 나지막히 말하는 순간, 멈춰 있던 말러의 음악이 흘러나온다.

아무리 자무쉬라 하지만, 이 리드미컬한 연출의 8할은 분명 커피가 했다. 에피소드의 타이틀은 '샴페인'. 아쉬움은 그리움이 되고, 그리움은 싸구려 커피를 위한 동무가 되어주는 걸까. 세상엔 잠깐 몽상에 빠질 수 있을 만큼의 추억으로 남아있는 커피도 있다. 카페 카리모쿠 소파가 아닌, 주방 식탁 편목 의자에 앉아, 편도 2시간 동네 카페의 그런 '대체할 수 없음'을 생각했다. 그런 지나간 어제를, 그저 추억으로 생각했다.

빵은 최소한 오답이 아니다

주인을 닮았는지 작게 만들어진 나의 식빵에, 동그라미는 그려지다 말았다. 그 빵을 작업대 구석에 두고 무슨 마음이었는지 사진을 찍으며 나는 "얘도 언젠가 발효가 되어 커질까"라 중얼거렸다. 개그라 생각하며 떠들었지만 나는 제빵에 두 번 실패했다. 빵은 거짓말을 하지 못한다.

면허도 없는 내겐 반쪽짜리 자격증이 하나 있다. 대한상공회의소에서 주관하는 '제과 자격 기능사'라는 국가 인증 자격증. 매일같이 먹던 빵을 굳이 만들어보겠다고 나선 것은 나도 잘 모를 영문이지만, 두 해 전 여름, 나는 빵을 만들며 살았다.

이렇게 이야기는 해도 빵은 제과와 제빵, 두 분류로 나뉘고, 한국에서 관련 능력을 인정받으려면 두 가지 자격증을 모두 따야 한다는 걸 안 것은, 수업 첫 날, 하얀 에이프런과 조리모를 쓰고 딱딱한 철제 테이블 앞에 앉아서였다. 생각해보면 제과도, 제빵도 모르는 말이 아니고, 인식하지 못하고도 아무런 지장 없이 잘만 살아는

데, 그제야 새삼스레 알게 된 말들에 나는 새로운 두 개의 길을 느꼈
는지 모른다.

제과는 쉽게 말하면 케이크, 과자류의 디저트. 제빵은 반죽을 하
고 발효를 시키는 제법 한 끼 구실을 하는 빵들을 칭한다. 빵을 좋아
한다 생각했지만, 돌이켜보면 몽블랑, 타르트, 쉬폰 같은 대부분 케
이크들. 실은 제과를 의미하는 반쪽의 빵이었다. 나는 말도 되지 않
을 기적적인 도움을 받아 그 반쪽 길 진입에 성공했다. 갈림길이라
는, 하나의 선택과 하나의 포기 사이의 길. 나는 지금 그 어느 길도
걷고 있지 않지만, 때때로 어떤 빵은 내가 걷는 거리의 자리를 은유
한다. 면허증도 없는 내겐 사실 정말 그랬다.

여전히 면허가 없는 나는 요즘 종종 빵을 만들던 지난날들을 떠
올릴 때가 있다. 점심을 먹고 느지막히 집에서 나와 버스를 타고 교
실에 도착해 옷을 갈아입고 땀을 흘렸던 5시간. 가장 기초라는 버터
스펀지 케이크부터 모두의 기피 대상이었던 트위스트나 데니쉬 식
빵까지, 모양은 제각각이었지만 빵이 태어나는 순간을 매일같이 함
께 보냈다. 사실 몽블랑을 먹으면서 빵을 좋아한다고 얘기했던 것처
럼 부끄러움을 동반한 충격의 순간은 수도 없이 많았는데, 어떤 사

실은 뒤늦게 찾아와 의미를 남기곤 한다.

　회사를 다닐 땐 놓친 끼니를 채우느라 그렇게나 많은 빵을 먹었는데, 나는 이제야 끼니가 아닌, 밥이 될 수 없는, 그와 다른 자리에 봉긋이 솟아오르는 빵의 시간을 알 것 같다. 김이 서린 뿌연 오븐 너머로 살며시 모습을 드러내는 어떤 탄생의 시간들. 이걸 안다고 뭐 하나 달라질까 싶지만, 그걸 알기까지 십수 년이 걸렸다.

　제빵과 제과를 모른다 해서 사는 데 문제가 생기는 건 아니다. 당연히 빵을 사는 게 힘들어지는 것도 아니다. 어릴 때 동네 제과점에선 식빵도 팔고, 바게트도 팔고, 당시 가장 힙한 아이템이었던 밤 식빵은 몇 백원 비싸게 팔기까지 했다. 하지만 트위스트 패스츄리와 데니쉬, 그리고 크루아상이 한 반죽에서 태어나고, 산 모양을 한 식빵이 본래 같은 질량의 반죽 세 덩어리가 합쳐진, 발효 시간의 미묘한 차이가 그려내는 그림이라는 건, 그저 의미심장하기만 하다. 빵은 내게 인생 혹은 삶, 무엇보다 나에 대한 은유처럼 느껴졌다.

　재료가 복잡해 반죽이 가장 힘들다는 옥수수 식빵을 만들던 날, 조별로 오븐에 들어갔던 나의 식빵은 가장 작게 나왔다. 작아서 귀엽다고 떠들며 좋아했지만, 산형 식빵의 포인트는 동그랗게 말린 무늬다. 적절한 발효는 무엇보다 빵의 핵심이다. 주인을 닮았는지 작게 만들어진 나의 식빵에, 동그라미는 그려지다 말았다. 그 빵을 작업대 구석에 두고 무슨 마음이었는지 사진을 찍으며 나는 "얘도 언젠가 발효가 되어 커질까"라 중얼거렸다. 개그라 생각하며 떠들었지만 나는 제빵에 두 번 실패했다. 빵은 거짓말을 하지 못한다.

반죽으로 대충 봉합을 해도 발효를 거치면 실수는 그대로 드러난다. 발효를 하지 않는 제과는 좀 안전하다 생각할 수 있지만, 재료의 배합이 틀리면 애초 만들어지지 않는다. 다시 또 인생에 비유하면 가장 명확하고, 심플한, 별 고민 없을 방식이다. 선생님은 "재혁씨는 섬세하니 제과가 더 어울릴 것 같아요"라고 위로 아닌 위로를 해주었지만, 서른 중턱을 넘어 그런 말들은 별 도움이 되지 못한다. 두 번의 불합격, 한 번의 합격 결과를 받고 내가 별 미련 없이 뒤돌아설 수 있었던 것은, 조금은 솔직하게, 괜찮은 척, 아닌 척, 그런 척들로 지금을 외면하지 않고, 빵처럼 살아보고 싶은 마음에서였는지도 모르겠다. 빵은 종종 나를 생각하게 한다.

엄마는 다쿠아즈를 좋아하신다. 누나는 치즈 케이크를 좋아한다. 그리고 시나몬 향이 강한 격자무늬 애플파이를 좋아하지 않는다. 시험을 준비하며 모든 건 시험 기준이라 빵들이 매번 남았다. 머핀 2판 24개, 그리니쉬 4판 44개, 식빵 5틀 5개, 조원끼리 나누어 보아도 집 냉동실엔 빵이 쌓여만 갔다.

　노래하는 박정현은 예전 어느 TV 프로그램에서 머핀을 냉동하면 몇 달도 먹을 수 있다고 했는데, 사실 정말 그러하고, 끼니가 아닌, 시간을 두고 쟁여 두고 일상을 함께하는 빵은 지금껏 몰랐던 사실을 알게도 해준다. 제과 20종과 제빵 20종의 빵을 매일 만들다 보니, 웬만하면 냉동으로 장기 보존이 가능하다는 사소한 팁은 물론, 엄마의 의외의 취향을 알았다. 누나가 칼로리에 매우 신경을 쓴다는 사실도 알았고, 어릴 적 그렇게 싫어했던 옥수수 식빵은 그저 솜씨 없는 주방장이 만들었기 때문이란 사실에 때늦은 충격도 받았다.

　밥이 아닌 빵을 먹으며 보내는 오후, 그 시간엔 밥심으로 열일하던 날들과 다른 리듬의 시간이 흐른다. 의미를 숨기고 구수한 냄새를 풍기는 시간에 나는 가끔 내가 아닌 주변, 갈림길의 한 쪽이 아닌, 걸어왔던 지난 날들을 돌아본다. 끼니가 아닌 빵 하나를 먹을 시간이, 여유가 왜 그리 없었을까 바보스럽기도 하다. 나도 모를 영문으로 갑작스레 찾아왔던 빵과의 시간은 아마 내게 이런 이야기를 하려 했던 게 아니었을까.

나는 이제 마들렌과 피낭시에를 구별할 줄 알고, 머핀과 컵케이크도 다르게 이야기할 수 있는 사람이 되었지만, 엄마는 아직도 다쿠아즈의 이름을 종종 틀리신다. 그리고 나는 이제 그런 행복을 알 것 같다.

그리고, 그래도 남은 빵을 나는 아파트 경비 아저씨에게 드리기 시작했는데, 언젠가부터 경비 아저씨가 내게 먼저 인사를 해오기 시작했다. "아저씨, 저 이제 빵 안 구워요." 가다 멈춘 길에서의 빵도, 분명 오답은 아니다.

넷플릭스엔 나와 닮은 타인이 산다

같은 자리에서 수만 마일 떨어진 곳의 영화, 드라마를 본다는 것은 초라해 보여도 집에서 꿈꿀 수 있는 가장 먼 여정이다. 집이 갖고 있는 바깥세상과의 유효한 접점이다. 밖으로 향하는 내밀한 티켓이고, 집에서 벌어지는 가장 큰 스펙터클이다. 정해진 편성표가 아닌, 채널을 돌려도 찾을 수 없는 드라마를 작은 방구석에 앉아서 본다는, 일상의 비일상적 사건이다.

집에는 집의 시간이 흐른다. 회사에 다닐 때는 출근해 점심을 먹기까지 시간이 참 더디기만 했는데, 조금 늦게 일어난 아침, 집에서의 오전은 이미 흘러가고 없다. 심지어 점심을 먹고 난 다음부터 한두 시간은 왜 이리 쏜살같은지. 저녁 무렵이 다 되어 한숨을 내쉬며 오늘의 나를 자책하는, 이제는 제법 뻔뻔해진 하루가 별 일도 없이 흘러간다. 늦은 점심을 먹고 차 한잔을 내려서 TV를 보다 방에 들어오면 시간은 어느새 3시 언저리. 이쯤 되면 시계는 분명 밤을 향해 기울어져 있는 게 틀림없다.

근래 베스트셀러가 된 에세이 《아침에는 죽음을 생각하는 것이 좋다》에는 "1분이 60초란 것도, 한 시간이 60분이란 것도 (중략) 인간이 삶을 견디기 위해 창안해낸 가상 현실"이라 적은 대목이 나온다. 숫자를 동원하지 않고서는 시간을 셀 수 없다는, 24시간의 하루를 해체하는 꽤 파격적인 문장으로 읽었는데, 내겐 그저 실감하는 감각으로 경험하는 지루함이랄지, 즐거움이랄지, 감정으로 머물렀다 흘러가는 시간이 있다. 대낮에 영화를 보고 나오면 어느새 노을이 하늘을 물들이고 있는 것처럼. 《킹덤》의 에피소드를 서너 편 연달아보다가, 세상엔 '넷플릭스'로 흘러가는 시간도 있지 않을까 생각했다.

'아침에 죽음을 생각하는 것'처럼 거창하지 않게, 소소하고 시시하게, 고작 내 방에서의 이야기를 조금 풀어 보면, 사람이 무언가에 열중할 때 시간은 잠시 내가 거주하는 일상을 벗어나 흘러간다. 최근엔 연극배우이자 작가 이와이 히데오가 쓴 에세이 《성가신 남자(やっかいな男)》가 그랬다. 내 애기와 비슷해서 내 인생 가장 빠른 속독으로 마지막 페이지를 넘겼다. 지난해 개봉했던, 중국의 신예 후보 감독의 데뷔작이자 유작 《코끼리는 그곳에 있어》는 상영 시간도 3시간에 육박하지만, 죽음이 드리워진 그 영화를 보는 시간은 숫자

로 셀 수 있는 종류의 것이 아니었다.

조금 더 시시하게 이야기를 풀어 보면, 이효리가 나오는 예능 프로그램은 왜 그리 금세 끝나고 마는지, 우리 엄마는 2시간 넘게 방송하는 《미스터 트롯》을 보고도 왜 그리 아쉬워하시는지, 반면 우리동네 38번 버스는 왜 그리 늦게 도착하는지. 집에서 생활할 땐, 나름의 시간, 나름의 스피드, 나름의 질양을 이해해야 할 필요가 있다.

컴퓨터 앞에 앉아 드라마 10편을 몰아보는 건 왜인지 뒤통수가따갑다. 거실에 나와 TV를 보다 리모컨 채널을 한 바퀴, 두 바퀴 돌리고 있다 보면 내 삶이 나조차 헛헛하게 느껴진다. 아마도 계획성이 없기 때문에, 일상이 아닌 허송세월에 가깝기에 드는 죄책감이겠지만, 집에선 집에서의 시간을 받아들일 필요가 있다. 물론 머리도감지 않아 새집을 진 채 아파트 단지로 나설 때면 어깨가 움츠러들기도 하지만, 매일이 매일 같은 집에서 뭐 얼마나 별 다른 일이 벌어질 수 있을까.

같은 자리에서 수만 마일 떨어진 곳의 영화, 드라마를 본다는 것은 초라해 보여도 집에서 꿈꿀 수 있는 가장 먼 여정이다. 집이 갖고있는 바깥세상과의 유효한 접점이다. 밖으로 향하는 내밀한 티켓이고, 집에서 벌어지는 가장 큰 스펙터클이다. 정해진 편성표가 아닌, 채널을 돌려도 찾을 수 없는 드라마를 작은 방구석에 앉아서 본다는, 일상의 비일상적 사건이다.

나는 코로나 탓(덕)에 리모토(원거리 비대면 상에서의 작업 방식)로 만들었다는 NHK 드라마를 보고, 가구 브랜드 비트라가 70주년을 맞이해 제작한 의자만 줄곧 나오는 다큐멘터리 《Chair Times》에 눈물을 흘린다. 좋아하는 의자에 앉아 내가 보고 싶을 때, 내 마음대로 아무때나 아무렇게, 그렇게 능동적이게. 그렇다고 에피소드 5~6개를 연달아보는 일은 좀 바보같지만, 사실 그런 게 사람이고, 집에서의 삶이기도 하다. 집에서는 좀 어리광을 부려도 된다.

넷플릭스엔 '첫 달 무료 사용'이라는 방식이 있다. 이건 유튜브나 기타 OTT(Over The Top, 인터넷을 통해 볼 수 있는 TV 서비스)들도 마찬가지인데, 생각해보면 참 이상한 서비스다. 요즘 같은 시절에 동네 시장 가게에서도 일단 써보라며 먼저 물건을 내주는 곳은 없을 텐데, OTT 그 너머 누군가는 마치 "혹여나 잘못 생각한 것일 수도 있으니 한 달은 괜찮아요"라며 친절을 베푸는 것 같은 시늉을 한다.

처음엔 그저 공짜라 좋아하기만 했지만, 내가 아는 기모노 디자이너는 일러스트 프로그램 1달 무료 사용 덕분에 70년 넘게 이어지던 핸드 메이드 공정을 맥을 활용하는 디지털 방식으로 성공리에 전환했다. 별거 아닌 한 달은 누군가에게 전환의 한 달이 된다.

넷플릭스나 유사 OTT 서비스에 가입하면 관심있는 작품을 골라 보라며 말을 건다. '이건 어떠세요?'라며 추천을 해온다. 대부분 어긋 나는 경우가 많지만 그렇게 사람에게나 느끼는 '감정'이란 걸 마주하 게 된다. 라이언 머피가 제작한 미드《할리우드》속 "순간의 고난 때 문에 영원한 죽음을 선택한 꼴이라고요"라는 대사는 얼마나 치명적 인지. 눈물에 젖은 나의 지난 5년을 알고 떠드는 것만 같다. 일종의 마음을 헤아리는 이런 큐레이션에 나는 자주 속는다. 이시이 유야의 《도쿄의 밤하늘은 가장 짙은 블루》를 보고온 날, 침대에 누워 열어본 유튜브 창엔 영화에 점멸하던 음악 〈도쿄 스카이〉가 추천창에 떴다. 이럴 때면 난 언젠가 유튜브와 사랑에 빠질지도 모르겠다.

또 한 번의 늦은 밤, 유튜브를 틀었더니 명언만을 모아 소개하는 채널에 새 에피소드가 올라왔다. 한때 J-록이 번성하던 시기 한 자 리를 차지했던 뮤지션 '각트'의 멋을 부린 한 마디가 들려왔다. 사람 의 수면 시간에 대한 이야기였는데, 그는 "사람은 일어나는 순간 자 살하는 것. 시간이 흐를수록 죽음을 향해 다가가는 것이기 때문에 나는 2~3시간 이상을 자지 않아요. 그것도 아깝죠"라고 이야기했다. 곰곰히 생각해보면 틀린 말은 아닌데, 조금 더 생각해보면 죽어간다는 건 곧 살고 있다는 이야기이기도 하다.

무언가를 하기에 바빠 열일을 하며 살아가는 삶은 분명 가치있고 훌륭하지만, 나는 종종 넷플릭스 따위나 켜놓고 집에서의 텅 빈 자리를 채워간다. 느리고, 생산성이라고는 별로(거의) 없고, 아마 내일 아침 나를 늦잠 자게 할 마우스에 땀 묻히는 시간들. 하지만 집에서의 시간이라면, 그건 곧 넷플릭스와의 시간이기도 하다.

아무것도 하지 않기 위한 시간표

포스트 코로나 시대에는 오히려 #을 단 채 시공간을 넘나드는 만남으로 가득하다. 나조차 #에 접속해 라이브 공연을 보고, 영화를 감상하고, 심지어 몇 달 전에는 처음으로 랜선 인터뷰까지 했으니, 인간은 웬만해선 무언가를 하려는 동물인지도 모르겠다.

열 시가 다 되어 일어났지만 사실 내가 잠이 많은 건 아니다. 침대에 누워 이런저런 웹 사이트, 아침 아닌 아침에 이미 한 번 체크했던 메일 박스, SNS를 서성이다 보면 이미 요일은 바뀌어 있다. 뒤늦게 일어나 뒤늦게 아침 식사인지 점심 식사인지를 먹고, 회신이 급한 메일들을 처리하고, 쓰고 있던 글의 자료를 훑거나 뒤를 이어 몇 글자를 적다 보면 어느새 저녁 무렵이다.

하루는 어김없이 매일같이 똑같이 흘러가는데, 이날 내가 한 것은 무엇일까. 어떤 결과가 남는 것도, 누구에게 보여줄 만큼의 자랑이 생긴 것도, 스스로가 뿌듯할 순간 조차 없는 날에, 나는 무얼 한 것일까.《렌탈 아무것도 하지 않는 사람》이라는 이상한 제목의 드라마를 보다가, 내가 하고 있는 건 설마 '아무것도 하지 않는 것'에 포함되는 게 아닐까 싶은 생각이 들었다. 그건 몹시 섬뜩한 기분이었다.

　드라마《렌탈 아무것도 하지 않는 사람》은 일본에서 지난 봄 방영을 마친 작품이다. 아마도 얼마 전 국내에서 자신을 필요로 하는 사람에게 렌탈해준다는 뉴스가 '세상에 이런 일이' 풍으로 보도되기도 했다. 드라마는 그 사람의 실화를 바탕으로 만들어졌다. 맛집의 번호표 받기부터, 꽃놀이 자리 맡기, 게임 속 사람 수 맞추기. 딱 한 사람만큼의 존재가 필요한 곳에 그는 자신을 빌려준다. 아무것도 하지 않는다고 하면서, 남을 대신해 이것도, 저것도, 실은 아무거나 하고 있는 걸 보면, 그 만한 모순이 또 어디 있을까 싶기도 하지만 아무것도 하지 않음으로 다른 이의 무언가가 될 수 있다.
　이 역시 좀 모순이 담긴 문장인데, 드라마는 '아무것도 하지 않는 사람'을 빌려, 가장 중립적인, 가장 객관적인 자리에서 우리의 일상을 돌아본다. 마감에 지쳐, 사람에 치여, 아무것도 하고 싶지 않다고 하소연을 하는 우리의 본심을 바라보게 한다. '아무것도 하기 싫어'라고 우리가 토로했을 때, 속마음은 이런저런 관계에 대한 방기,

포기의 선언이기도 했다는 것. 드라마 주인공 렌탈 씨는 아무것도 하지 않지만, 회사에 가기 싫은 샐러리맨, 꿈에 실패해 고향으로 돌아가는 여자, 무제한 고기를 여자 혼자 먹기 힘들어 매번 주저하던 여성을 도와준다. 그렇게 일상은 하기 싫은 일이 나머지 반쪽을 채우고 있음을 자연스레 드러낸다. 아무것도 하지 않는다는 것은 이렇게 꽤 근사한 말이기도 하다.

봄이 아닌 코로나가 찾아왔던 지난 봄. 하는 수 없이 집에 머무는 시절은 일상에 해시태그를 달았다. 만남이 제한된 시대가 되어버렸지만, 21세기 우리는 와이파이 망 안에도 살고 있다. #를 붙여가며 별 탈 없이 어제와 오늘이 지속된다. 집에서 라이브, 집에서 영화, 집에서 스포츠, 심지어 술자리…. 디지털, 웹의 세월도 반 세기를 향하고 있으니 나름의 역사가 쌓일 만도 하다. 사람은 참 뭘 하지 못해 안달난 존재다. 얼마 전 어느 기사에서 일본의 SF 소설가 오가와 사토시는 "코로나는 인류 최대의 즐거움 중 하나인 '집회'를 앗아가버렸다"고 성을 냈는데, 지금의 포스트 코로나 시대에는 오히려 #을 단 채 시공간을 넘나드는 만남으로 가득하다. 나조차 #에 접속해 라이브 공연을 보고, 영화를 감상하고, 심지어 몇 달 전에는 처음으로 랜선 인터뷰까지 했으니, 인간은 웬만해선 무언가를 하려는 동물인지도 모르겠다. 정전이 되면 우린 오래전부터 촛불을 찾곤 했다.

혼자가 되어 지냈던 지난 5년 간, 나는 늘 움직였다. 아직은 아닌 줄 알면서도 시도했고, 방향을 틀어서라도 앞으로 걸었다. 그렇게 어김없이 인간이란 동물의 시간을 살았다. 하지만 요즘 아무것도 하고 싶지 않다고 말할 무엇도 별로 없는 나는, 내가 가장 나일 수 있는 자리를 찾곤 한다. 틈을 내 동네 카페를 찾고, 3시간이 넘는 영화를 만반의 준비를 갖춘 뒤 방구석에서 보고, 가장 좋아하는 옷을 때로는 동네 슈퍼에 갈 때 걸쳐 입는다. 일을 하던 시절의 내가 '아무것도 하고 싶지 않아'라고 말했을 때, 그건 분명 가장 나를 아는, 내가 가장 잘 아는 그곳으로 돌아가고 싶은 마음이었기 때문이다. 집에서 맞이하는 계절은 그런 찾지 못했던 시절과의 조우처럼 자리한다. 그곳에서의 하루, 아무것도 하지 않는 날에 세워보는 계획은 내가 발견하지 못한 나의 내일로 향하는 이정표로 그려진다. 아무것도 하지 않는다는 건, 사실 가장 나를 살아간다는 의미이기도 하다.

다시 드라마 이야기로 돌아오면, 실존하는 '아무것도 하지 않는 사람'은 1983년생 아이 한 명을 가진 애 아빠 모리모토 쇼지이다. 《렌탈 아무것도 하지 않는 사람》은 그의 트위터 계정 이름이고, 그는 오사카대학 물리학부를 졸업한, 제법 고학력의 소유자기도 하다. 그가 '아무것도 하지 않는' 아마 가장 기묘한 렌털 사업을 시작한 것은 3년 전쯤, 처음엔 교통비, 그리고 발생한다면 식대만 받고 의뢰에 응했다. 하지만 몇몇 언론사 취재 이후 이 렌털 서비스는 유명세를 탔고, 현재 그의 트위터 팔로워 수는 20만 명이 넘는다. 지금은 추가로 기본료 1만 엔을 받는다. 그러니까 아무것도 하지 않고도 생계는 가능하다.

모리모토 씨, 드라마에선 렌탈 씨는 종종 이런 질문을 받는다. "OO는 아무것도 하지 않는 것에 포함되나요?" 어쩌면 요즘 같은 날 가장 유의미한 물음일지 모르겠다. 모리모토 씨는 "케이스 바이 케이스"라고 답한다.

별일 없이 집에서 머무는 시간, 아무것도 하고 싶지 않다고 말할 무언가도 별로 없는 시간, 이 질문은 가장 나 스스로를 바라보게 한다. 오늘 난 무엇을 한 걸까. 지금 이 글은 '아무것도 하지 않은 것'에 포함될까. 혹시 설마 아무것도 하지 않은 건 아닐까. '케이스 바이 케이스'라는 말만큼 어려운 것도 없고, 일단 뭐라도 트위터에 남겨 봐야겠다. "무슨 일이 일어나고 있나요?" 트위터가 물어온다.

청소를 시작하니 내 역사가 튀어나왔다

지나간 영화의 전단지, 카페의 메뉴판 등을 정리하다가 나는 갑자기 그걸 읽고 있었다. 도중에 포기한 청소가 이야기하는 것은 아마도 이런 다잡지 못한 내 마음속 미련 같은 것인지도 모르겠다. 청소는 사람 마음을 싱숭생숭하게 한다.

아마도 코로나의 영향을 가장 덜 받을 나 같은 사람에게 달라진 게 하나 있다면, 나와 같은 오늘을 사는 사람들이 심심찮게 보이기 시작했다는 사실이다. 집에만 머물며 별거 아닌 일을 하는 건지 하지 않는 건지, 어제와 오늘을 그렇게 흘려보내는 사람들이 나 말고도 점점 늘어났다. 세상이 모두 (다소의 차이를 제외하면) 비슷한 처지에 놓여버린 시절에 거리 두기를 말하는 세상은, 내게 조금 가깝게 다가온 듯한 기분이 들기도 했다. 회사를 다닐 땐, 바로 옆 자리 후배가 주말을 어떻게 집에서 뒹구는지 알지도 못했는데, 바다 건너 패션 브랜드를 운영하는 일본인 여자가 요즘 매일 집에서 패션쇼를 한다는 사실을, 나는 왜인지 알고 있다. 시절이 참 아이러니하다.

일러스트를 그리는 남자는 영화에 등장하는 음식을 조리해본 다고 했다. 번역을 하는 30대 여자는 룸메이트 친구가 만든 공룡 닮은 이상한 캐릭터로 자기들만의 공상 놀이를 즐긴다고도 했다. 이건 모두 여자들의 목소리를 담는 취지의 웹진《She is》가 기획한 기사〈16명이 생각하는 내일의 to do〉를 봤기 때문인데, 사실 집에서의 너와 나는 그리 다르지 않을지 모른다. 직업도, 나이도, 연봉도 모두 잠시 내려놓은 자리에, 너의 하루는 때때로 나와 닮은 그림을 그려간다.

패션지《소엔(裝苑)》을 디자인하는 나보다 열 살 어린 여자 와키타는 지금까지 살았던 집들의 지면도를 그려 보았다고 했다. 그럴리 없겠지만, 텅 빈 종이에 간출한 선만 남은 그림이 내가 살던 집인 것도 같았다. 집에만 있지 않았다면 결코 떠올리지 못했을 'to do'들. 나는 청소를 해볼까 생각했다.

하지만 8평 남짓한 작은 방에 청소를 한다 한들, 사실 별 대단한 일이 벌어지진 못한다. 싱글 침대와 좌식 테이블 한 개, 책장 몇 개와 화장품이 늘어선 협탁, 그리고 무인양품에서 사들고 온 옷 상자

몇 개를 제외하면 무언가 해볼 만한 여지의 공간도 남지 않는다. 고작 테이블 위의 잡동사니를 정리하거나, 별 의미도 없을 책들의 배열을 달리해보거나, 벽에 붙어있던 몇몇 영화 포스터를 떼어내는 정도의 일들 뿐. 다시 제자리로 돌아오는 쓸모없는 이런저런 작업들. 하지만 그 별 일도 아닌 것들은 의외로 많아 도중 포기하고 싶어 완료하지 못하는 볼썽사나운 일도 왕왕 벌어진다.

테이블 왼편에 놓인 동그란 플라스틱 용기엔 일본을 돌며 가지고 온 온갖 홍보 전단들이 가득히 그대로인데, 아마 그건 지난 번 포기했던 청소의 남겨진 모습이겠지. 지나간 영화의 전단지, 카페의 메뉴판 등을 정리하다가 나는 갑자기 그걸 읽고 있었다. 도중에 포기한 청소가 이야기하는 것은 아마도 이런 다잡지 못한 내 마음속 미련 같은 것인지도 모르겠다. 청소는 사람 마음을 싱숭생숭하게 한다.

지금 내 침대 머리맡엔 이별 후 벌써 1년이나 흘러버린 우리 집 강아지 곰돌이의 웃는 사진이 걸려 있다. 언제, 누가, 어디서 찍은 사진인지 기억이 나지 않는데, 그 무렵의 기억이 지나갔다. 아침에 일어나면, 화면이 꽉 차도록, 여백 하나 없는 사각 프레임에 곰돌이가 혀를 내밀고 환하게 웃고 있다. 참 계산도 없이 찍었네, 한심하기만 한데 청소를 하지 않았더라면 만나지 못했을 장면이다.

앞에서 이야기한 와키타 씨는 나보다 열 살이나 어리면서 네 번이나 이사를 했다고 했다. 5년이나 산 집의 도면도 술술 그리지 못했다며 예상 밖 쇼크를 이야기하기도 했다. 그리고 나는 언제 누가 어디서 찍었는지도 모르는데, 웃고 있는 곰돌이 얼굴에 눈물이 난다. 한 무더기의 서류 속엔 두 해 전 여름 땀에 젖을 만큼 쓰고 지웠던 OO지원서가 보이고, 처음으로 부산에서 통역이란 일을 하며 받았던 관계자 배지, 지나 보니 너무나 창피해 서랍장 깊숙이 넣어 두었던 혼자 만들었던 자가 출판 책, 가장 밑 서랍에선 도쿄를 떠나며 누나에게 받은 편지도 튀어나온다. 이쯤 되면 청소는 이미 물 건너 갔다. 방은 나보다 나를 더 기억하고 있다.

오래전 처음 입사했던 회사를 나오며 〈아주 큰 청소〉라는 제목의 칼럼을 쓴 적이 있다. 스물 중반에 회사에 들어가 서른 문턱 도쿄행을 결심하며 퇴사한 시절이라, 아마도 '아주 큰 청소'라는 좀 유치한 제목이 떠올랐는지 모른다. 사실 먼지를 닦고, 빗자루질을 하고, 걸레질을 하는 건 좋아하지 않지만 무언가 정리를 해놓지 않으면 안심이 안 되는 성질이라, 그런 의미의 청소라면 하루에도 십수 번을 한다. 책상 위 물건들의 재배열, 옷장 속 바지와 상의의 구분, 셔츠라면 옷걸이에 걸 것과 개어서 서랍에 넣을 것의 분류, 하물며 컴퓨터 바탕화면도 나름의 질서대로 가지런히 모아놓는다.

매일같이 하는 일들이라 '일'이라 하기에도 별거 아닌 허드렛일들이라 의식할 건 아니지만, 청소를 하는 날엔 새로 시작하는 아침을 꿈꾼다. 돌아보지 못했던 어제를 정리하고 내일을 준비한다. 부끄럽지만 그런 초라한 설렘이 청소를 하는 날엔 다가온다. 별로 달라지지 않더라도, 내가 알고, 방이 기억하는 시간들이 땀방울과 함께 쌓여간다.

그리고 여담이지만, 왜인지 기분을 망쳐버린 날의 청소는 다 끝난 하루도 살려내는 '건강한 착각'의 효과도 있다. 죽은 식빵도 살려낸다는 발뮤다 토스터기의 그런 효과 같은. 청소는 또 한 번의 기회, 다시 시작하는 찬스 같은 '허드렛일'이기도 하다. 여전히 내게 빗질과 걸레질은 좀처럼 쉽지가 않지만, 나는 청소를 하며 어제를 돌아본다. 땀을 닦으며 내일을 만나러 간다.

내 옷장의 지각변동

백화점에서 설레는 마음으로 골랐던 스웨트 셔츠를 입고 나는 오늘 '집에서' 어떤 하루를 보내게 될까. 사계절이 사라지고 집 안과 밖으로 재배열된 옷장은 조금 절망적이지만, 때로는 1 아니면 100. 나는 우선 3종의 집옷을 일단 5종으로 늘려 보기로 했다.

벌써 이틀째 같은 옷이다. 지난 일요일 목욕을 하고 걸쳐 입은 H&M 트레이닝복 바지와 영화제에서 일하고 받은 하얀 티셔츠는 요즘 나의 차림새 중 1번이다. 여기서 1번이라 표현한 것은 나에겐 소위 '집옷'이라 할 것들의 가지 수가, 조합을 갈지자로 바꿔보아도 양 손가락을 넘기지 못해 가능한 셈법이다. 대부분 잘 입고 돌아다니다 질려 버려서, 색이 바래서, 아니면 철이 지나 집옷으로 직행한 옷들.

옷 욕심이 많은 내게 그런 집옷으로 전락할 만한 예비군은 현저히 빈약하다. 입던 옷을 며칠 후에 다시 입고, 상하의를 바꿔서 입어보고, 때로는 접혀있는 바짓단을 풀어 나름의 스타일링을 해보지만, 역시나 갖고 있는 항목이 얼마 되지 않으니 잘 될 리가 없다. 집에서 생활하기를 수천 일, 요즘 나는 가끔 옷을 입으며 패닉에 빠지곤 한다.

코로나가 생활 전역을 뒤흔들기 시작한 뒤, 여파는 셀 수 없을 만큼 다양하고, 광범위하고, 심지어 자잘하기까지 해, 나는 옷 한 벌을 입는데도 격세지감을 느낀다. 멀리 외출할 일이 거의 없고, 하물며 이 시절은 언제 끝날지도 모르는데, 요지 야마모토의 신상이 무슨 의미가 있을지. 단골 쇼핑몰은 이 무렵 50~60, 심지어 70퍼센트까지 세일을 하는데, 헐값에 그걸 산다 한들 그 30만 원짜리 지갑을 들고 나는 얼마나 사용할 수 있을지. 게다가 나는 출퇴근도 하지 않는 사람인데⋯ 이러다 내 옷장은 입지 못한 옷들의 무덤이 되어버릴 것만 같아 조금 섬뜩하기도 하다. 오늘도 집엔 해외 쇼핑몰에서 출발한 택배 박스가 도착하고. 나는 2번 집옷 차림을 한 채 침대에 누워 하염없이 쇼핑몰 세일 페이지의 스크롤을 내리고 또 내렸다. 실현되지 못하는 공상에 허덕이며, 내 옷은 점점 자리를 잃어간다.

유명 디자이너 톰 포드, 조르지오 아르마니, 드리스 반 노튼 등등은 코로나 이후, 앞으로의 패션 산업을 이야기하며 7개의 과제를 제시했다는 뉴스를 봤다. 패션 산업 종사자를 위한 준비들, 충분한 재고 확보의 필요성, 온라인과 오프라인을 오가는 유연함 등등의 이야기였는데, 그에 딱히 영향을 받은 건 아니지만 코로나 이후 나는 집옷 궁리에 들어갔다.

애초 집옷이란 무엇인가. 어릴 땐 지나온 학교의 체육복을 입거나 입다 떨어진 옷을 기어서 재활용하거나, 가끔은 엄마가 트레이닝복을 (바지만!) 사주셨던 것도 같은데, 집에서 어떤 옷을 입어야 할지 사실 별로 고민을 해본 적이 없다. 편해 보이는 스웨트 셔츠에 스포츠 브랜드 트레이닝 바지가 이상적이게 보여도, 조금만 따지다 보면 10만 원이 훌쩍 넘는다. 집에서 입는 옷에 10만 원이라… 엄마가 트레이닝복을 바지만 사주셨던 데는 분명 이유가 있다.

집옷을 고민하게 된 것은 집에서 보내는 일상에도 '외출'이란 게 있기 때문이다. 현관을 열고 엘리베이터를 타고 밖을 나서는 의미의, 짤막한 외출들. 매일같이 쓰레기를 버리러, 가끔씩 빵을 사러, 때로는 길을 하나 건너 편의점에 가느라, 집옷을 입고 밖을 나선다. 그 길엔 옆집 할머니도, 같은 라인에 사는 20대 청년도, 건너편 빌라에 사는 외국인 노동자들도 지나가고, 편의점이나 빵집 직원들은 어쩌면 나를 기억한다. '어제도 저러고 왔는데 오늘은 머리까지 뻗쳤네', '이 날씨에도 쓰레빠 차림이네', 심지어 '쟤는 맨날 쓰레기만 버리네…' 아무도 이야기하지 않지만 이런 소리가 들리는 것만 같다. 집에서 하루 24시간을 생활하며, 나는 새삼 내게 질문을 한다. 오늘은 무슨 차림을 해야 할까. 가장 쉬운 문제는 때때로 가장 힘든 문제가 된다.

나를 청소하게 만들었던 웹진 《She is》 속, 패션 사이트를 운영하는 요코자와 코토하란 여자는 'Stay Home' 시대에 '사복 챌린지'를 시작했다고 적었다. 옷을 파는 사람에게 외출이 제한당한 시절이란 밥줄이 걸린 문제겠지만, 그녀는 집콕하는 상태를 만끽하기 위해 챌린지를 시작했다. "기본 0 아니면 100밖에 생각하지 못하는 인간이라서, 일단 이런 걸 해보자 생각했어요." 확실히 지금 같은 시절은 어느 학자가 무어라 떠들어도 실감은 되지 않고, 당장 코앞의, 내일의 일 정도라면 어떻게든 알 수도 있을 것 같다. '0 아니면 100', 모 아니면 도. 나는 아마 5년 전 쯤 뉴욕에 출장을 갔다 프레스 어드벤티지를 받고 구입한 나이키와 언더커버의 컬레버레이션, 갸쿠소의 트레이닝 팬츠를 꺼내봤다. 사타구니 아래부터는 레깅스 형태로 되어 있는 귀여운 스타일의 팬츠. 그러고 보니 갸쿠소는 역주를 의미하는 '거꾸로 걷다'를 모티브로 한 브랜드인데, 이리도 시의적절할수가… 근데 이거 한 30만 원 즈음 했던가.

입지 않는 옷은 버려야 한다는 정리의 법칙이 있다. 마음이 식었다면 버려야 한다는 콘도 마리에식(式) 정서적 접근법도 있다. 하지만 나의 경우, 입지 않던 옷을 한 해, 두 해가 지나 가장 아껴 입는 일이 더러 있고, 새로 산 셔츠에 찰떡같이 어울리는 바지는 몇 해 전 사놓고 몇 번 입지도 않았던 데님이기도 하다. 그러니까 '입지 않는 옷을 버린다'는 방식도, '버리기 전 마음에 물어 보라'는 콘도 마리에 여사의 물음도 요리조리 피해가며 쌓아둔 옷들이, 내겐 제법 많다. 그러나 돌연 들이닥친 코로나. 당장 내일 일도 확신할 수 없게 된 시절에 내년, 후년, 그리고 '지금 말고 언젠가'는 얼마나 무력한 말들인가. 얼마나 애타는 기다림인가. 내일이란 때로 가장 가깝고 가장 먼, 알 수 없는 하루의 이름이곤 하다.

못 입게 된 옷을 집에서 걸치는 것이 아닌, 아껴두던 옷을 애써 꺼내 입는 집에서의 하루엔 그만큼의 '다름'이 있다. 집에서 입는 옷의 스타일링이란 말은 주책맞지만 조금 설레기도 하다. 요코자와가 이야기했던 0아니면 100으로의 전환. 나는 좀처럼 그런 성격은 되지 못하지만, 조금은 과감하게 옷장을 털어보기로 했다. 구매가가 낮았던 것부터 하나 둘 챙겨 보니 심지어 5년도 훌쩍 넘은 옷들이 튀어나왔다.

가타카나로 '겐조'라고 유치하게 적힌 코랄 블루 반팔 티셔츠는 아마 한 번, 아니면 두 번쯤 입었던가. 버스를 기다리던 정류장에 웬 아저시가 다가와 "뭐라 써 있는 거예요?"라 묻기도 했던 티셔츠다. 그래서 구석에 쑤셔 두고 다시 꺼내지 않았었나...

옷장에 쌓여 있는 옷들은 옷 애호가로서 뭔지 모를 뿌듯함을 느끼게도 하지만, 집착의 응어리였는지도 모르겠다. 수십 만 원짜리 티셔츠를 집에서 입는 것과 기껏 1년에 한두 번 걸치고 나가는 것. 어느 게 더 실용적이고, 덜 바보 같을지 아직도 나는 결정을 못했지만, 이젠 생활에 맞게 골라 입는 일상을 떠올린다.

오랜만에 만난 초등학교 친구와는 "이러다 스포츠 웨어만 살아 남는 거 아니야"라 떠들기도 했는데, 세월은 고작 내 옷장에도 이런 저런 파장을 일으키고 있다. 그리고 그런 옷과의 조금은 낯선 일상이 시작되려 한다. 백화점에서 설레는 마음으로 골랐던 스웨트 셔츠를 입고 나는 오늘 '집에서' 어떤 하루를 보내게 될까. 사계절이 사라지고 집 안과 밖으로 재배열된 옷장은 조금 절망적이지만, 때로는 1 아니면 100. 나는 우선 3종의 집옷을 일단 5종으로 늘려 보기로 했다. 여전히 좀 아깝기는 하지만.

나는 가끔 오후 3시를 기다린다

좋아하는 음악을 들을 때, 커피 향이 유난히 콧가에 맴돌 때, 밖에서 울리는 학교 차임벨이 뛰어노는 아이들 소리와 아름답게 어우러질 때, 묘하게 한 템포 설레는 시간을 나는 오후 3시로 기억한다. 사는 건 매번 똑같지만, 가끔 오후 3시를 발견하는 날이 있고, 달콤한 낮잠을 미룬 시간, 그건 내게 시로 쓰여지는 세상이다.

집에 도착하니 오후 3시였다. 먼저 와 계실 줄 알았던 엄마와 누나는 아직이었고, 곰돌이도 없는 거실에 혼자 들어선 집 안은 마음을 살짝 설레게 했다. 어릴 적 아무도 없는 집에 혼자가 되었을 때의 자유로움일까. 이미 그럴 나이는 많이 지나버렸다. 옷을 갈아입고, 가방의 소지품을 정리하고, 세수를 하고 입은 옷을 세탁기에 넣으러 가며, 나는 얼마나 될지 알지 못할 이 시간을 궁리했다.

미뤄두었던 영화를 한 편 볼지, 지난밤에 저장해놓은 라이브 영상을 볼지, 아니면 거실에 앉아 하염없이 채널을 돌려 볼지. 함께 사는 집에서 맞이한 혼자의 시간이 주는 설렘이기도 하겠지만, 오후 3

시, 이 무렵의 집을 나는 이제 가장 좋아하는지 모르겠다. 유럽에선 서머타임 기간 낮잠에 든다는 시간, 일본의 생활용품 브랜드 무지가 트위터로 '오후 3시의 간식'을 얘기하는 시간. 나는 냉장고의 파운드 케이크를 꺼내 한 조각을 썰고, 천천히 커피를 내렸다.

엄마와 누나는 멀지 않아 도착했다. 일곱 자리의 비밀번호 소리가 삐삑삑 들려왔고, 아직 본론엔 들어가지도 못한 영화를 멈췄다. 말하자면 한창 오르던 흥이 돌연 깨져버린 셈인데, 오후 3시를 마주하고 지내는 그날의 저녁은 꼭 그렇지가 않다. 나는 평소보다 조금 높은 톤으로, 별거 아닌 일을 크게 이야기하고, 때로는 웃음을 더하고, 엄마와 누나를 맞이하며 잠시 멈춰두었던 매일의 일과를 서서히 시작했다. 사실 회사에 다닐 때의 오후 3시라면, 사무실에서 졸거나, 한창 마감이거나, 스튜디오 혹은 거리에서 촬영을 하고 있었겠지만, 그렇게 난 아마 그 시간의 집을 알지 못했다.

내가 아는 공간에서 느껴지는 내가 보지 못했던 방의 풍경들. 이 기분을 설명할 말이 내겐 오후 3시, 그것뿐인 것만 같다. 지저분하게 쌓여 있는 주방의 도구들도, 거실 테이블에 쌓인 온갖 잡동사니도, 내 방 구석에 있는 적지 않은 빨랫감도 모두 오후 3시의 그림처럼 보인다. 순서대로 욕실에 들어가 씻는 엄마와 누나를 대신해 식탁에 저녁을 차리고, 열어두었던 거실 창을 반쯤 닫고, 자리에 돌아와 한숨을 골랐다. 집에서 보내는 일상은 내게 오후 3시를 보여주었다. 세상은 어쩌면 오후 3시를 기억하는 하루와 그렇지 않은 날들로 만들어졌는지 모른다.

20년째 좋아하고 있는 밴드 람프의 노래 중에 〈조용히 아침은 (静かに朝は)〉이란 곡이 있다. 워낙에 시적인 가사라 설명하는 게 힘이 들지만, 이른 아침 서서히 햇살이 들어오는 방 안의 풍경이 시적인 언어로, 내겐 가장 세밀하고 정확하게 묘사되어 있다.

아침 무렵이 눈부시게 커튼 너머로

너는 아직 잠 속에 조용하게 숨소리를 내고 있어

빌딩 옥상에서 조금씩, 조금씩 오렌지색 태양이 내려다보고

아직 일어나지 않은 마을을 비추기 시작하자

봄이 올 것 같은 인기척이 들었어

창을 열고 숨을 내뱉고

연기의 움직임을 조금만 보고 있었지

(중략)

커피 향의 온기가 방을 데우고
라디오에서 들려오는 일기예보에 귀를 기울이면
겨울은 아직 그곳에 있는 것 같아

노래가 나온 건 2014년, 벌써 많은 세월이 흘러버렸지만, 이 노래를 들을 때면 난 오후 3시의 날들을 떠올리곤 한다. 내가 아는 가장 느리고, 가장 조용한 시간의 풍경. 내가 보내는 하루도 노래로 써본다면 이렇게 세밀하고, 섬세하게 그려질 수 있을까. 어쩌면 그런 속살이 내게도 숨어 있는 걸까. 하루는 아무런 표정도 없이 시작해 끝이 나지만, 실은 그저 작고 미세해 보이지 않을 뿐, 조금은 시와 같은 모습을 하고 있는지 모른다.

좋아하는 음악을 들을 때, 커피 향이 유난히 콧가에 맴돌 때, 밖에서 울리는 학교 차임벨이 뛰어노는 아이들 소리와 아름답게 어우러질 때, 묘하게 한 템포 설레는 시간을 나는 오후 3시로 기억한다. 사는 건 매번 똑같지만, 가끔 오후 3시를 발견하는 날이 있고, 달콤한 낮잠을 미룬 시간, 그건 내게 시로 쓰여지는 세상이다.

집에서 대부분의 시간을 보낸다고 집에서의 24시간을 모두 '경험'하는 것은 아니다. 늦잠을 자면 아침은 잃어버리기 십상이고, 때로는 오전이 통째로 날아가기도 한다. 눈을 뜨고 활동하는 오후라 하더라도 패턴으로 움직이는 일상에 내가 마주하는 시간의 풍경은 정해져있다. 뒤늦게 재활용 쓰레기를 버리러 가는 길의 까마귀 울음 소리거나, 열에 아홉은 마주치는 맞은편 할머니의 인사거나, 혹은 버스를 기다리는 늦은 오후 하교를 서두르는 동네 중딩 무리들의 교복 색깔 같은 것들. 이건 회사 생활을 할 때에도 마찬가지여서, 하루 24시간 중 내게 유효한 시간은 아마 절반을 넘기지 못했을 거다. 알아차리지 못했거나 알아차릴 수 없었거나.

요즘 나는 집에 머물고 가끔 외출을 하지만, 오후 3시는 비어두고 싶다고 생각한다. 세상엔 내가 만들어가는 시간보다 내게 다가오는 시간이 더 새롭고, 작은 어긋남, 우연이 빚어낸 시간은 작은 방 안에도 '봄이 올 것 같은 인기척'을 전해온다. 나는 가끔, 오후 3시를 기다린다.

집이 말을 걸어오기 시작했다
2020년《싱글즈》06월호 칼럼

집에서 라이브, 집에서 클래식, 집에서 스포츠, 심지어 집에서 술자리.
만남이 가로막힌 시절 일상은 랜선을 타고 흐르고, 늘어나는 해시태그
속에 집은 어느새 가장 든든한 하루가 되어버렸다. 그런데 애초 #집이
란. 오늘도 나는 집에서 24시간을 살았다.

#코로나시대의집 #텔레워크와라이프 #리모트라이프 #일상 #잃어버린봄

이른 아침 새들이 지저귄다. 아파트 주변이 낮은 산이기도 하지만,
맑은 날이면 유독 새소리가 자주 들리고, 심지어 조금은 징그러울
정도로 덩치가 큰 까마귀 울음소리도 심심찮게 들려온다. 동네 우체
국이 벨을 누르는 건 점심시간이 지나고 오후 1시 즈음. 길 건너 학
교에선 저녁 5시를 알리는 차임벨을 울려오기도 한다. 집에만 있지
않았더라면 지나쳤을 그림들. 평소의 일상을 빼앗기지 않았다면 알
아차리지 못했을 더 오랜 일상들. 본래 외출을 자주 하지도 않는 인
간이면서, 요즘의 '집'은 새삼 어제의 그 자리가 아닌 것만 같다.

오늘도 집에서 뒹굴다 유튜브로 조성진의 쇼팽을 듣는 건 조금

초라할지 몰라도, 조도를 낮추고 대신 테이블 초에 불을 붙이고, 와인이나 방금 내린 커피 한 잔을 곁에 두면, 이 시절에 그럴싸한 저녁 한 자락이 완성되기도 한다. 코로나가 시작되고 5개월 즈음. 봄 대신 찾아온 지금 이 시절의 코로나는 조금 생소한 일상이 되어가려 하는지도 모르겠다. 사람을 집에 머무르게 하고, 해시태그로 이어지기 시작한 '집에서의 바깥 생활'은 그 끝이 없어 이 와중에 '집의 재발견', '집의 가능성' 같은 걸 생각하게도 한다.

잃어버린 일상에서 몰랐던 일상을 찾아내고, 디지털에서 아날로그를 끌어내고, 아무도 예상하지 못했던, 새로운 일상을 만들어가는 지금의 조금 낯선 하루는, 왜인지 계속 '집'에만 있다. 늘어만 가는 확진자 수에 놀라면서도 나는 '사회적 거리 두기'랄지, '잠시 멈춤'이랄지, 평소 이곳에 자리하지 않던 어떤 '머무름', 어떤 '느림'의 기운이 봄바람과 같아 조금 마음에 들기도 했다. 퇴근에서 출근 사이, 귀가에서 외출 사이, 떠나고 돌아옴의 자리기만 했던 '집'은 지금 우리가 몰랐던, 부재하던 시간의 일상을 발휘하고 있다. 코로나는 상상도 하지 못했겠지만, 이만큼 집을 얘기하던 계절은 아마 없다. 집에만 있다보니 집이 말을 걸어오기 시작했다.

모두가 모두에게 불안일 수 있는 시대에 집이 유일한 피신처라는 건, 왜인지 조금 따뜻하다. 이름에도 '신종'이 붙은 그 질병을 우리는 여전히 잘 모르지만, 타인을 배려하는 마음, 나를 양보하는 거리, 평소의 일들을 자숙하는 시간에 위기는 조금 걸음을 늦춘다. 출근하지 않고 맞이하는 늦은 아침의 여유로움은 이제야 알아채는 별거 아닌 집의 오래된 얼굴이기도 하다. 불편이야 하겠지만, 디지털 한복판의 시대에 방 문 한 번 열지 않고 해결 가능한 일상은 상상 이상으로 많고, 해시태그만 붙이면 집에서도 내가 아닌 누군가와 일상을 공유할 수 있다.

그럼 뭐하러 집을 나설까도 싶지만, 역으로 이제야 #이 붙은 집에서의 시간을 궁리한다. 그리고 무엇보다 이건 모두 '집'이 있어 가능한 일들. 몇몇 사각지대의 대체될 수 없는 일상의 애달픔은 어찌할 수 없지만, 이런 시절이기에 그 자리를 다시 한번 돌아볼 수 있는 것도 지금의 현실이다. 올봄 가장 큰 화두가 되어버린 #집에서 OOO란 키워드. 이건 사실 #집이 지켜주는 OOO란 말에 다름 없고, 전국 전역에 와이파이가 뚫려 있는 시대에 우리가 잃은 건 우리 집이 아닌 남의 집, 누군가와의 만남이다.

#를 아무리 많이 달아보아도, 집에서의 시간은 결국 모두 1인칭, 나의 자리에 머문다. 일본의 SF 소설가 오가와 사토시는 "만남, 모임은 인류 역사상 가장 긴 세월의 '즐거움'"이라고까지 말했는데, 그만

큼 몸도, 마음도 좀이 쑤실만은 하다. 하지만 그 반대 자리에서, 홈리스들이 판매하는 잡지 《빅 이슈》의 일본판은 수십 억을 호가하는 집에 사는, 혹은 살던 이들의 집 없던 시절의 이야기를 번역해 소개하기도 했다. 집도 없이 잘만 성공하고, 잘만 돈 벌고, 잘만 명성을 쌓았던 그들을 생각하면, 랜선을 타고 대화를 하고, 암호와도 같은 #를 뱉어내며 만나고, 서로 다른 자리에서 서로 같은 시간을 즐기는 팬데믹 시대의 뉴-일상은, 분명 철제로, 벽돌로 쌓아 올린 집의 내면을 드러내고 있다.

그중 하나는 영화 《록키》 시리즈의 따뜻한 뒷얘기로 알려진 실베스타 스탤론과 그의 애견 버커스 사이의 일화. 돈이 없어 강아지를 팔아 생계를 이어갔던 스탤론이 이후 직접 쓴 시나리오를 팔고 받은 3000달러를 들고 강아지를 찾으러 달려갔다는 사연은, 'Long Way Home', 둘만의 작은 집이 완성되는 이야기처럼도 들려온다. 집으로 가는 —때로는 멀고 먼 길. 인류의 가장 오래된 서사일지 모를 이 문장은, 항상 그곳에 있고, 언제나 우리 편이다.

실베스타 스탤론, 다니엘 크레이그, 할 베리, 노벨 문학상 수장자인 귄터 그라스, 그리고 누구나 아는 애플의 스티브 잡스와 KFC의 커넬 해런드 샌더스 등. 바닥에서 고층 빌딩만큼의 반전을 일궈냈던 이들의 사연을 모아 완성한《빅 이슈》의 이 기사는, "홈리스에 대한 정의를 '집이 없는 사람'이 아닌 단지 '집이 없는 상태'를 일컫는다"고 강조한다. 그렇다면 '홈'보다는, 보다 물리적인, 물질적인 의미에 가까운 '하우스'가 더 적절할텐데, 2011년 사망 당시 무려 102억 달러라는 거대 재산을 남기고 떠난 스티브 잡스는 길거리의 빈 통조림 캔을 주우며 생활하면서도 친구 집 마룻바닥 덕에 간신히 공원 벤치에서의 밤만은 면할 수 있었다. 배우의 꿈을 갖고 뉴욕에 도착한 뒤 실베스타 스탤론이 애견 버커스와 함께 매일 거리를 배회하다 돌아온 건 상경 당시 처음 도착했던 정류장 부근의 작은 벤치고, '집'은 그렇게 2층이거나 3층이거나 50평, 100평, 숫자로 얘기되는 건물이 아닌, 어떤 시간이 머물렀던 자리, 잊지 못한 기억이 남아있는 공간의 이름이기도 하다.

길거리 벤치에서의 생활을 전전하며 "돈이 없었기 때문에 뭐든 닥치고 했다"는 제임스 본드 다니엘 크레이그와, 1952년 믿기 힘든 나이 62세에 KFC를 설립하기 까지 반평생을 차에서 새우잠을 잤던, 치킨 레시피를 팔기 위해 발품을 팔고 끝내 세계 가장 유명한 닭 브랜드를 만들어낸 켄터키 할아버지의 2만 곳이 넘는 점포이자 어쩌면 '홈'과, 여성 뮤지션 패티 스미스가 수천 밤을 지샜던 지하철 플랫폼의 찬 타일 바닥, 그리고 1999년 노벨 문학상을 가능하게 했던 귄터 그라스가 가난한 유학 시절의 밤을 지샜던 '성 프란시스코 가난한 형제의 집'은, 그들의 '하우스'는 아닐지 몰라도, 분명 각자의 '홈'이곤 했다.

그리고 사실 집을 이야기한다고 할 때, 우리는 집에서의 시간을 이야기한다. 사소하지만 봄을 맞아 창에 새 커튼을 단다는 건 단지 창가에 못보던 천 자락이 걸리는 게 아니라, 그렇게 내비치는 햇살, 아침, 오후, 저녁 농담을 달리할 방구석의 시간을 궁리하는 일이기도 하다. 도시에서 집은 투자를 위해서도, 아이 교육을 위해서 옮겨갈 수 있고, 부동산 계약에 맞춰 다른 동네의 주민이 되어버리고 말기도 하지만, 그건 아마 어떤 결과들, 우리가 볼 수 있는 집의 가장 현실적인, 하우스로서의, 물리적 흔적의 형태일 뿐이다.

2018년 개봉한 라야 감독의 다큐멘터리 《집의 시간들》은 처음부터 '집'을 공간과 시간이 어울려 완성되는 곳이라 정의한다. 영화는 2019년 철거된 둔촌동 주공아파트를 '주인공'으로 이야기를 끌고 가고, 아파트 전경에 오버랩되는 전 주민들의 사소하지만 구구절절한 이야기는 느린 화면과 함께 집의 말처럼 들려오는 효과를 만들어낸다. "낡은 집을 보면 마음이 편해지는 건 낡아서 생긴 틈새에 누군가의 시간이 스며들었다는 게 아닐까요." 집에만 있는 시절, 집의 나머지 절반, 시간의 품들이 우리를 움직이고, 그건 아마 나와 나의 오랜 집, 그런 단둘이 만들어가는 오늘의 낯설고, 익숙한 일상이다.

오늘도 집 근처 고작 2000걸음 즈음을 걸은 나는 방 안에 돌아와 컴퓨터 이곳저곳을 얼씬거리다,《베네티 페어》4월호 편집장 글 속 한 문장과 마주쳤다. "지금이 오래전 전시 때와 유사하다"는, 조금 충격적인 말. 코로나 이후 이탈리아의 르포 기사를 실은 이번 호에서 《베네티 페어》는 알렉스 마졸리에게 그 기획 사진을 전임했는데, 그는 코소보 내전이랄지, 아프가니스탄과 이라크의 전쟁, 인류의 다툼들, 불합리와 분노가 응어리져 터졌던 험난한 현장을 주로 찍어온 포토그래퍼다. 그리고 편집장 존 라디카가 덧붙인 건 '팬데믹은 전쟁인가?'라는 물음. 위험을 피해 방문을 걸어잠그고, 집에 숨어 일상의 온갖 불편함을 감수하고, 집에서의 자급자족에 의지하는, 그렇게 단절된 듯한 삶의 그림은 비슷할 수도 있겠지만, 코로나가 도통 끝날 줄을 모르는 지금, 우리는 집에서 안식을 찾고, 내일을 그리고, 해시태그로 서로의 안부를 묻는다. 그리고 무엇보다 서로를 미워하지 않는다.

프랑스 소설가 조르주 페렉은 자신의 책《공간의 종류들》에서 공간과 시간 중, 시간은 시계를 수도 없이 확인할 정도로 위험하지만, 어느 누구도 나침판을 휴대하지 않을 정도로 공간은 그보다 덜

위험하다'고 적었는데, '집'은 일상을 가장 일상이게, 나를 가장 나이게 하는 장소임에 틀림없다. 워딩은 다르지만 #집에서로 시작하는 이런저런 말들은 사실 '집에서의 이런저런 실천'들, 집은 나를 실천하게 한다.

레이디 가가의 제안으로 시작된 'One World: Together at Home' 캠페인은 자신의 집에서 공연을 하는, 규모는 훨씬 작아졌지만 지금까지의 커리어, 일상을 이어가는 또 한 번의 하루이고, 엘튼 존, 빌리 아이리시, 테일러 스위프트, 방에서 방으로 이어지는 흐름은 사이버 세계의 이웃, 하나의 '연대'를 낳는다. 라디카 편집장 역시 글을 적어내려가며 2020년 봄에서 '새로운 유형의 조용한 연대(A New Kind of Quiet Solidirity)'를 보았다고 언급했다. "(코로나는) 모임이라는 인류 최대의 즐거움을 앗아갔을 뿐 아니라 '자숙'이라는 공격도 가하고 있다"고 성을 내기까지 했던 소설가 오가와 조차도 《펜(Pen)》에 기고한 긴 글 말미에 "이런 시절에 그래도 할 수 있는 것이라면…"이라며, 읽어 보면 좋을 책 세 권을 추천했다. 그런 나에게서의 실천들. 무라카미 하루키도 자신의 라디오 방송 '무라카미 라디오'에서 "노래 하나, 책 한 권이 조금이라도 마음의 치유가 될 수 있다면"이란 말로 자택에서의 방송을 시작했고, 지난 4월 지미 카멜 쇼에 비디오 출연한 새뮤엘 잭슨은 "나는 의사는 아니지만 내가 읽는 시를 잘 들어!"라며 '집에서 잠이나 자(Go the Fuck to Sleep)'를 낭송했다.

이런 집에서의 실천들. 너무나 가까이 있어 보이지 않던 집, 일상 어디에도 있지만 항상 배경이곤 했던 방. 일상의 한 축이었던 그 곳이 이제와 찾아와 느리게 '머물고', 이 따분한 하루도 언젠가 내가 아는 집으로 분명 돌아온다. 그런 'Long Way Home'의 봄. 지금은 그저 조금 낯선 계절의 문턱을 지나는 중일 뿐이다.

동네

우동

내가 아는 버스, 나를 아는 버스

> 버스를 타면 내가 원하지 않은 길을 지난다. 내가 고르지 않은 동네에
> 정차하고, 내가 계획하지 않았던 풍경들과 만난다. 그런 원하지 않은
> 경유의 길을 지난다.

아직도 단골 카페라 생각하는 서교동 비하인드는 정작 그 동네에
살던 무렵엔 자주 찾지 않았다. 이상하지만 오히려 인천의 본가에
돌아와 버스를 갈아타기까지 하며 그 카페를 더 자주 다녔다. 바로
뒷 블록 빵집이 있다는 걸 안 것도 한참이 흐르고 난 뒤의 일이다.
등잔 밑은 정말 어둡다. 많을 땐 일주일에 서너 번, 그 탓에 교통비
는 매달 10만 원을 육박했지만, 정해진 길, 가게, 루트를 반복하는
날들에 '동네'의 그림은 그려지지 않는다. 이태원 소월길 길목에 살
땐 경리단 초입에서 험난한 경사길까지의 거리가, 합정동 오피스텔
에 거주할 땐 7011번 버스와 신촌에서 갈아타는 472번 버스 노선

이 오히려 내겐 더 친숙한 '동네'의 기억 같다. 10여 년만에 다시 오래전 살던 집(본가)에 돌아와, 편도 2시간의 '동네 카페'를 오가며… 왜인지 그 시절 그 동네는 버스의 시간으로 기억된다.

버스는 1250원, 그리고 α 값으로 이동할 수 있는 수단이다. 누구나 간편하게, 부담 없이 웬만한 곳에 갈 수 있다. 근래엔 서울과 인근 수도권을 잇는 광역 버스도 다양해 조금 더 지출하면 이동에 별 불편함도 느끼지 못한다. 하지만 그건 곧 1250원에서 $+\alpha$ 에 좌우되는 생활이라, 언젠가 내가 아는 운전 10년차의 지인은 "운전을 하면 생활 반경이 월등히 넓어져요"라고도 이야기했다. 그때 난 그저 "그렇겠네요"라고 동의하듯 이야기했지만, 속으론 주차며, 수리며, 세금이며, 사고 나면 또 어쩔건데… 따위를 생각하고 있었다.

버스를 타면 내가 원하지 않은 길을 지난다. 내가 고르지 않은 동네에 정차하고, 내가 계획하지 않았던 풍경들과 만난다. 그런 원하지 않은 경유의 길을 지난다. 때로는 30분 거리를 2시간만에 도착하는 일도 있지만, 그건 버스와의 '생활 반경'이 가져다주는 길목의 일상이기도 하다. 버스를 타고 벌어지는 거리의 이모저모들. 버스 생활 20년차, 돌아서 가는 길은 내게 그런 시간을 가르쳐주었다.

대한민국 집들이 대부분 그렇겠지만, 우리 집 역시 도시 개발에 좌우되는 역사의 시간을 거쳤다. 초등학교를 졸업하던 무렵, 송도가 개발되기 전 그 인근으로 이사를 해 도시 내 신도시 생활을 시작했고, 대학에 들어갈 즈음엔 아빠가 어딘가에서 주워온 부동산 정보로 요즘 GTX 뉴스로 들썩이는 인천 논현동으로 이주했다. 정작 그 정보는 조금 어긋나 개발은 한 동네 옆을 중심으로 벌어졌다. 그 때문인지, 그 덕분인지 우리 동네엔 참 뭐가 변하지 않는다. 아파트는 고작 4동이 전부인 단지고, 주변에 변변찮은 음식점도 거의 없고, 중소형 마트가 들어선 것도 이사하고 10년은 훌쩍 지난서다. 왼편 너머로는 소래산이, 오른쪽에는 공원을 끼고 승기천이 흘러, 늘 시간이 멈춰버린 듯한 느낌을 받기도 한다. 집 앞을 지나는 버스는, 얼마 전 초록색 마을버스가 하나 늘어 단 세 개. 우리 동네 얘기라서가 아니라, 동네란 때로 변하지 않는 그림의 이름이기도 하다.

여행을 준비하며 그곳 출신 누군가에게 정보를 물어볼 때, 열에 아홉은 "저 사실 여기 맛집 같은 거 잘 몰라요"라고 이야기한다. 전주가 고향이었던 대학교 3학년 선배는 머쓱한 웃음을 지었고, 부천에 살아 종종 하교를 함께했던, 지금은 영업 사원이 되어버린 동기는 '그냥 학교 앞에서 보자'며 답변을 외면했다. 그들은 전주, 그리고 부천에 살고 있지만, 전주, 그리고 부천을 모른다.

이런 상황의 Q&A는 사실 TV 예능 프로그램에서도 종종 보여, 이쯤 되면 동네를 이야기할 때 주민이 별 도움이 되지 않는다는 건, 꽤 믿을 만한 정설인지도 모르겠다. 그리고 그건 나도 마찬가지라, 인천에서 태어나 인천에서 자라고 다시 인천에 돌아온 나는, 인천을 잘 알지 못한다. 인천에서의 세월이 30년을 넘는데, 새벽 불을 밝히고 함께 맞이한 새해가 수십 번을 넘는데, 아는 게 별로 없다.

그저 너무 일상이어서일까. 혹은 남의 떡에만 관심이 있어서일까. 나는 도쿄 신쥬쿠 길바닥을 더 잘 알고 있는 것도 같은데, 동네의 조건은 '잘 알지 못함'이 아닐까 싶기도 하다. 알지도 못하는 사람끼리 동네에 모여 산다.

얼마 전 버스를 타고 아차 했던 순간이 있다. 서울 어딘가로 가려던 길이었는데, 환승을 줄이려 길을 두 개 건너 20번 버스를 탔다. 소래에서 출발해 종종 새우젓 냄새가 진동하는, 마냥 쾌적하지만은 않던 버스인데 다행히 별 냄새는 없었지만, 그 버스 노선엔 하필 내가 내려야 할 정거장도 빠져 있었다. 그저 종종 벌어지는 버스의 사정이겠지만, 그날의 그 사건은 내가 느낀 우리 동네의 조금 거창한 변화 같기도 했다. 그 버스를 마지막으로 탔던 건 아마 10여 년 전,

그 사이 주변엔 선수촌 단지가 생겨났고, 나를 핀치에 빠트렸던 그 버스 외에도 몇몇 버스의 노선은 바뀌어 있었다.

타보지 않으면 모르는 일. 벗어나지 않으면 보이지 않는 그림. 근래 우리 집 맞은편엔 줄줄이 이어져 있던 비닐하우스 꽃집들이 철거됐고. 요즘은 뭔지 모를 공사가 진행중이다. 쪽문으로 연결된 길을 통하면 긴 공원의 산책길을 걸을 수도 있는데, 보이지 않았던 것인지, 보지 않았던 것인지. 버스와의 시간은 가끔 그런 오늘을 보여준다.

얼마 전 새벽 라디오를 들으며 마음에 적어두고 싶은 멘트를 만났다. 올해로 데뷔 25주년을 맞이한 일본의 듀오 킨키키즈(Kinki Kids)의 토모토 츠요시의 말이었다. "종이 티켓이 없어지고, 모든 걸 스마트폰 앱으로 해결하는 건 편리하지만, 좀 불편해도, 그 불편함을 성실하게 수행하던 날들이 애틋하게 느껴져요."

5년 만에 돌아온 동네는 변한 게 없는 듯싶었지만 실은 많은 게 달라져 있었다. 매일은 어제의 반복처럼 느껴져도 어김없이 새로운 내일이다. 10분 넘게 버스를 기다리는 건 여전히 지루하지만, 버스를 타고 나아가는 울퉁불퉁한 시간에 그려지는 세월의 내일이 있다. 편리하고, 효율적이고, 세련되진 않아도 우직하게 짧은 길도 돌아가는 버스의 고리타분함. 어느 날 창밖으로 모르던 동네의 풍경을 만날지도 모른다는 예측 불가능. 내가 알고, 나를 기억하는 버스가 지나는 길에, 비로소 보이기 시작하는 나의 어느 시절이 있다.

내 마음의 재개발

수업 후 바로 집으로 오라는 엄마의 말을 어기지 않아도 나만의 '샛길'을 걸을 수 있었고, 등하교 왕복 2시간이라면 혼자만의 시간으로 충분했다. 수업 이후 기다리고 있던 '집으로 돌아가는 길'의 시간들. 마음속 그 시간의 질량은 여전히 변함이 없다. 어쩌면 그 길목이 나의 성장 무렵이었던 것만 같은 기분이 든다.

집 앞의 꽃집이 없어졌다. 참 변하지도 않는 동네인데 꽃집이 없어졌다. 대학에 입학하며 가족 모두 이곳에 이사와 스무 해 넘는 시절을 보내는 동안, 길 건너 모퉁이길엔 늘 꽃을 피우던 비닐하우스 꽃집이 있었다. 봄, 여름, 가을 겨울, 때를 달리하며 모습을 바꾸던 꽃집들. 그런데 어느 날, 그 장면이 사라졌다. 내가 사는 동네는 인구 300만을 바라보는, 나름 대한민국 다섯 손가락에 드는 도시지만, 사진을 찍으면 어느 시골에 온 것 같기도 하다. 아파트 옆으로는 작은 동산이 있고, 길 하나 건너엔 소래산이 사방을 둘러싸고, 아침이면 이름 모를 새들이 사정없이 하늘을 울려댄다. 심지어 도쿄의 비지니스 호텔에서나 듣곤 했던 까마귀의 울음소리도, 오랜만에 본가에 다시 돌아와 들었다.

하지만 사계절을 순환하는 세월도 하루 아침에 자리를 빼앗겨 버리고, 요즘 우리 아파트 단지엔 이삿짐을 내리고 올리는 소리가 진동한다. 단지 초입 부동산엔 전세 ○○만, 매매 ○○과 같은 말들이 시끄럽게 적혀 있다. 새삼스럽지만, 대도시의 일상이다.

동네에서 청설모를 목격했던 날도 있다. 두 해 전 학원에 가려 집에서 나와 신호를 기다리며 맞은편 길가를 쏜살같이 달리는 정체 모를 생명체에 두 눈을 의심했다. 처음엔 다람쥐인가 생각했지만 길게 늘어뜨린 꼬리가 생소했고, 엄마는 아마 청솔모일 거라고 하셨다. 다람쥐도 신기한데, 청솔모가 대로변을 서성이는 인구 300만의 광역시. 대도시에 살고 있지만 때때로 삐져 나오는 이 '시골스러움'이 나는 여전히 좀 어색하기만 하다.

요즘 인천과 수원은 집값이 오른다고 하는데, 그런 인천은 우리 동네와 멀기만 하고, 그 많다는 체인 커피숍조차 버스를 타야 한다. 여전히 '동네 슈퍼'가 문을 열고, 작은 마트가 동네 전체를 싹쓸이하고, 배달 앱에 주문을 해도 자꾸만 퇴자를 맞는 '인천 광역시'. 그나마 지난해 맞은편 길가에 커피와 반찬을 함께하는 묘한 가게가 문을 열었는데, 이름이 무려 '모던 하우스'다. 내가 아는 그 센치한 말, '모던'은 우리 동네에 와 좀 측은한 이름이 되어버렸다.

나와 나의 집 사이엔 묘한 어긋남의 세월이 있었다. 초중고, 그리고 대학교 할 것 없이 학교를 진학할 때마다 등교길을 역행하듯 이사를 했다. 초등학교를 졸업할 무렵엔 진학할 학교와 40분 정도 거리가 있는, 개발 중이던 신도시로 이사를 했고, 대학에 입학할 즈음엔 달랑 3개 버스 노선이 달리는 개발 직전의 논현동으로 집을 옮겼다.

어차피 인천에서 서울로의 통학이란, 몇 번의 환승을 거쳐야 하는 험난한 길이지만, 당시 나의 등교길은 버스-지하철-지하철-(가끔은)스쿨버스, 이런 스탭을 밟았다. 시간이 흐르면서 지름길을 발견하고, 덜 갈아타고 덜 걸을 수 있는 코스와 환승구, 플랫폼을 기억하는 수준이 되었지만, 그 쓸데없이 길기만 길었던 통학길은 이제와 좀 애틋하다. 수업 후 바로 집으로 오라는 엄마의 말을 어기지 않아도 나만의 '샛길'을 걸을 수 있었고, 등하교 왕복 2시간이라면 혼자만의 시간으로 충분했다. 수업 이후 기다기고 있던 '집으로 돌아가는 길'의 시간들. 마음속 그 시간의 질량은 여전히 변함이 없다. 어쩌면 그 길목이 나의 성장 무렵이었던 것만 같은 기분이 든다.

15년 전 회사에 다니기 시작한 시절, 이번엔 우리 집이 아닌 내가 이사를 다녔다. 첫 잡지사가 공덕동이라 출퇴근을 하려면 여러 번 환승이 필요했고, 그에 더해 잡지 기자의 일이란 게 퇴근 시간을 가늠을 할 수가 없었다. 결국 604번 버스를 타면 한 번에 통근을 할 수 있는 30분 거리 신촌 오거리의 1LK, 어찌할 수 없이 독립을 했다. 빠듯한 살림에 왕복 4~5시간의 출퇴근을 하는 5개월여를 보냈지만, 며칠 야근을 하고 새벽에 들어오는 나를 보고 엄마는 미안한 얼굴로 집을 구해주셨다.

　어쩌면 그 무렵이 내게 하나의 마지막이었을까. 계약을 하고, 이사를 하고, 가구를 정리하고, 당시엔 독립이란 두 자에 설레기만 했는데, 그건 어느 시절의 종점이기도 했다. 이후 2~3년 단위로 집을 옮겨 다니며, 이제는 없어진 나와 우리 집 사이에 약속되어 있던 2시간 남짓을, 나는 이제 빈자리로 기억한다. 집에서 나오는 것도, 들어가는 것도 내 맘대로가 되어버린 지금, 나만 알던 그 길가에서의 시간은 다시 오지 않을 계절이 되어버렸다. 청춘이, 흘러갔다.

　가끔씩 예전에 살던 동네를 지날 때면 버스 창밖을 빼꼼히 내다보곤 한다. 신촌 오거리, 옛 그랜드마트 자리에서 마을버스를 타고 서교동 카페를 향할 때, 왼편 언덕 뒷자리에 내가 살던 두 번째 1층

집이 있었다. 인천 본가로 돌아오고도 한참을 자주 찾았던 그 카페 10분 거리엔 내가 네 번째 살던 집이 있었는데, 막상 그 길을 걷는 일은 많지 않다. 서울 한복판에서 이웃집은 바뀌어 있고, 동네 풍경은 달라지고, 내가 알던 그 마을은 점점 내가 아닌 무언가로 변해간다.

스물 중턱에 혼자가 되어 (도쿄를 포함) 모두 여섯 번 이사를 하고, 일곱 개의 서로 다른 동네에 머물던 나의 10여 년은 점점 더 먼 어제가 되어 간다. 요즘 우리 동네 꽃집이 사라진 자리엔 첨단 디지털 단지가 들어선다고 하는데, 마트 아주머니는 그곳에 사람이 많아지면 집값이 올라간다고도 말했다. 그럼 배달시킬 식당도 좀 늘어날까. 그 무렵 난 마흔 중턱을 넘고 있을까. 왜인지 이사가 잦았던 지난 4월, 연일 울려대는 망치질 소리는 그냥 좀 애달프게 들려왔다. 난 여전히 그날의 나를 기억하는데, 동네는 조금도 변하지 않은 듯싶은데, 동네가 변하고, 내가 변해간다. 그런 시절이 무심코 흘러간다.

나를 목격한 동네 사람들

이웃이라는 누군가와 함께 하루를 보낸다. 그들 때문에, 그들 덕택에 최소한의 나를 유지하며 집 밖을 나서는 날들이 어쩌다 보니 태어났다. 나를 알고, 나를 기억하는 동네 목격자들과의 시간. 이웃은 여전히 잘 모르겠지만, 나를 아는 사람, 내가 아는 사람은 오늘도 내곁을 스쳐간다.

어떤 영화는 아무런 예고 없이 들이닥친다. 어찌 보면 영화를 보며 살아온 인생인데 가끔은 원하지 않는 영화를 어쩌다 보러 갈 때가 있다. 대부분 명절이나 무슨무슨 공휴일에 가족들과 찾게 되는 CGV거나 롯데시네마에서의 가족 휴먼 코미디. 가족에 휴먼에 코미디에, 이만큼 마음에 평온을 가져다주는 이름의 장르가 또 어디 있을까 싶지만, 나는 가끔 그런 웃음에 맘이 편하지가 않다. 유머가 위악적이라, 비아냥이 섞인 웃음이라 불거지는 불편을 말하는 건 아니고, 너무나 알 것 같아, 너무나 내 얘기같아, 왜 하필 공감이 돼 눈물이 쏟아지는 나만 아는 불편함이다. 그러니까 영화가 영화이지 못해 벌어지는 내 안에서의 애처로움. 하필 가족과 함께 《엑시트》를 보러 갔다.

대낮의 한적한 놀이터. 철봉에 거꾸로 매달린 주인공 용남의 시선으로 시작하는 영화엔 내가 알던 '집에서 보내는 매일'의 서사가 덕지덕지 붙어있다. 트레이닝복 차림의 용남을 두고 수선거리는 동네 아주머니들, 나이로 치면 배는 차이가 날 텐데 무리를 지어 놀려대는 동네 초딩들, 애써 큰소리로 말을 걸고 농담을 던져 보아도 용남의 말 한 마디, 동작 하나하나는 애처롭기 그지없다. 내가 해봐서 하는 이야기인데, 그는 갈 곳이 없어 동네 놀이터에 도망나왔다. 집에 들어가본들 하는 말들은 씹히기 십상이고, 매번 실패하는 대화에 하루는 깊숙이 주저앉는다. 그리고 그건 유감스럽게도 내가 인정하고 싶지 않았던, 피하기에 바빴던, 실은 내게 가장 가까운 오늘, 리얼리티, 그러니까 나의 현실이었다. 나는 영화에서 자꾸 나를 만나고 만다.

나는 용남이처럼 파란 트레이닝복을 입지는 않지만, 쓰레기를 버리러 나설 때면 열에 아홉 마주치는 할머니가 있다. 그 할머니는 이번 주에만 다섯 번째고, 이게 무슨 타이밍인지, 얼마 전엔 엘리베이터에서 말까지 거쳤다. "삼촌은 매일 쓰레기 버리나 봐요." 어머나. 용남이처럼 초딩한테 무시당하고 놀림을 받은 적은 없지만, 어느 늦은 아침엔 등교하던 유치원생 여자 아이가 담배를 손에 쥔 나를 보고 "오 마이 갓"이라고 말하며 지나간 적도 있다.

이 황당무계한 이유없는 낭패감이란. 요즘 애들은 영어를 너무 일찍 시작한다. 나의 역사가 어찌하든, 지금 내가 무엇을 생각하든, 그들이 바라보는 건 평일 대낮 쓰레기를 버리고 있는 나, 햇빛을 찾아 담배에 불을 켜는 나일 뿐이다. 오 마이 갓. 고작 4개 동이 전부인 우리 아파트에 '엑시트'는 보이지 않았다.

복도 쪽 자리에 앉아, 난 자꾸 내 얘기를 해대는 영화를 보며 몸을 왼쪽으로 대피하듯 기대고 있었다. 스크린 속 아줌마와 삼촌을 아저씨라 부르는 꼬맹이 무리들은 용남이에게 과연 어떤 관계인지. 나를 아는 우리 동네의 이웃이란 사람들은 내게 대체 누구인지. 굳이 따지면 남이고 타인이지만, 나의 하루, 이틀, 그 이상을 그들은 목격했고, 알고 있고, 어쩌면 기억한다.

혼자 살 땐 휴일, 아니면 대부분 늦은 아침, 혹은 늦은 밤이 아니면 집 근처를 배회할 일이 없었지만, 그렇게 남을 의식할 여유조차 없었지만, 다시 돌아온 집에서 그들은 내게 더 이상 그렇지가 않다.

뉴스를 켜 보면 이웃끼리 인사 한 번 주고받기도 힘든 게 아파트의 일상이라고 하는데, 사실 그건 같은 건물에 수십, 수백 명이 살고 있기 때문이기도 하다. 이름 모를, 나를 알고 있는, 불특정다수들. 나는 그들과 함께 살고 있다.

바로 맞은편 집 할머니, 내게 아픈 말을 아무렇지 않게 던졌던 그 할머니는 아들네 살림을 도와주러 오시는, 그러니까 실제 주민은 아니라는 사실을 이번 봄에서야 알았다. 골든 리트리버 두 마리를 데리고 엘리베이터에 종종 타 눈쌀을 찌푸리게 했던 아저씨의 아들이, 가끔 인사를 하기도 했던 키 큰 청년이란 걸 안 것 역시 그제 저녁에서다. 한 동네에 살면서, 같은 아파트 같은 라인에 살고 있으면서, 나는 이제 고작 그 정도의 그들을 안다. 전부가 아니라, 뜨문뜨문 보는 관계라 다행이고, 때때로 곤란하다.

근래 나는 내가 키우던 곰돌이를 쏙 닮은 두 살배기 말티즈를 기르는 12층 여자와 약간의 대화도 나누곤 하는데, 어느 날 참 억울한 상황이 들이닥쳤다. 그날 난 H&M 트레이닝복에 모자를 뒤집어 쓴 행색, 여자는 발렌시아가 백에 하이힐을 신고 있었다. 이런 행색으로 마주치는 건 좀 곤란하다. 내게도 흙빛 나는 검정 생로랑의 숄더백이 있는데, 단지, 나갈 일이 없었을 뿐인데… 그녀와 난 아직 그런 사정을 얘기할 사이가 아니다.

집에서의 하루란, 사실 적응이 필요한 하나의 라이프 패턴이었다. 회사를 다니던, 차려입고 다니던 사람이 나가는 날보다 나가지 않는 날이 더 많은 일상을 시작하려고 할 때, 필요한 건 동네에 나를, 나에게 동네를 적응시키는 일이었다. 윗집, 아랫집, 그리고 좌우 모두. 그들에게 나란 사람의 멀쩡한 하루, 1일 정도는 인식시켜둘 필요가 있다. 같은 트레이닝복 차림이어도 모자를 바꿔 보거나, 최소한 씻지 않고 나가는 일은 자제하거나, 집에서의 옷차림도 구색을 갖춰 보려 생각하면, 최소한 용남이 행색은 면할 수 있다. 물론 마주치고, 지나치고, 스쳐가는 게 내 맘대로 되는 일은 아니지만, 그래서 평균 이상의 템포를 유지하는 라이프가 필요하다. 언제 어디서 마주칠지 모를 그와 그들의 알지 못할 속내를 대비하기 위해서라도.

낯도 가리고, 때로는 꽤 소심한 내가 이웃에게 다가가 말을 걸고, 돈독한 관계를 갖는다는 건, 좀처럼 나와 같지 않다. 고작 집에 머물면서 그런 사소한 노력을 하고 싶지 않은 게 솔직한 마음이다. 하지만 요즘 난 강아지 이야기를 함께 하고, 가끔은 불도 빌리고, 엘리베이터 버튼을 눌러주며, 그와 그들 곁에 있다. 이웃이라는 누군가와 함께 하루를 보낸다. 그들 때문에, 그들 덕택에 최소한의 나를 유지하며 집 밖을 나서는 날들이 어쩌다 보니 태어났다. 나를 알고, 나를 기억하는 동네 목격자들과의 시간. 이웃은 여전히 잘 모르겠지만, 나를 아는 사람, 내가 아는 사람은 오늘도 내곁을 스쳐간다.

조금 짠맛 나는 우리 동네 엘레지

> 대학에 들어가 첫 술자리에서 대화는 대부분 사는 곳에 대한 이야기
> 로 흘러갔다. 송파구에 산다는 사람의 말엔 왜인지 윤기가 났고, 부천
> 에서 한 시간 넘게 통학한다는 동기의 이야기엔 조금 동질감이 느껴졌
> 다. 두 학번 위였던 선배는 영등포구 여의도동에 살면서 '영등포구'는
> 매번 생략해 이야기했고, 구로에 사는 또 한 명의 남자 선배는 왜인지
> 항상 과장된 웃음을 더하고 있었다.

좀 예민한 나라의 이야기지만, 지난해 일본 아카데미영화 시상식에
서 가장 많은 노미네이트를 받은 영화는《날아라, 사이타마(飛んで
埼玉)》였다. 사이타마는 도쿄 인근의 지역 이름이고, 만화가 원작이
라는 이 작품은 포스터만 봐도 촌스럽고, 유치하고, 황당무계하다.
실제 알맹이는 그에 더해 유치한 상상까지 웅장해 어느 순간 할 말
을 잃게 만든다. 일본에서 가장 천대받는다는 사이타마, 영화는 그
에 대한 울분과 억울함과 분노가 뼈때리는 자기 풍자와 희화로 가
득하다. 바다도 없고, 공항도 없고, 이렇다할 관광 스폿도, 일본이라
면 온천이라는데, 그 온천 마저 없는 사이타마는, 도쿄와 가까워 가

장 많은 손해를 입는 지역이기도 하다.

영화는 촌스럽다는 의미의 '다사이(ダサい)'와 '사이타마(サイタマ)'를 이어붙여 '다사이타마(ダサイタマ)'라 부르기도 한다. 대놓고 차별을 하진 못하지만, 은연중 멸시하고 조롱하는 동네는 이곳에도 있고, 삶에 배인 그 피해의식을 노골적으로 불태우는 영화에 나는 나의 고향 인천을 떠올리지 않을 수가 없었다. '날아라, 인천', 역시나 좀 초라하다.

대학에 들어가 첫 술자리에서 대화는 대부분 사는 곳에 대한 이야기로 흘러갔다. 송파구에 산다는 사람의 말엔 왜인지 윤기가 났고, 부천에서 한 시간 넘게 통학한다는 동기의 이야기엔 조금 동질감이 느껴졌다. 두 학번 위였던 선배는 영등포구 여의도동에 살면서 '영등포구'는 매번 생략해 이야기했고, 구로에 사는 또 한 명의 남자 선배는 왜인지 항상 과장된 웃음을 더하고 있었다. 그리고 난, 살며시 조심스레 "인천 '쪽'에 살아요"라고 이야기했다. 인천이면 인천이고, 아니면 아니지, 인천'쪽'은 어디에도 없다.

당시의 반응을 떠올려 보면 "거기 좀 무섭지 않아?"랄지, "1호선 치한 많아서 4호선도 사당 방면만 타"랄지, '쪽'이란 한 글자는 별 도움이 되지 못한 게 분명하다. 하지만, 난 왜 인천에 어디에도 없는

'쪽'이란 글자를 덧붙였을까. 왜 그래야 한다고 느꼈던 걸까. 그저 인천에서 태어나 살고 있을 뿐인데, 내겐 왜 그 '쪽'이란 한 자가 필요했을까.

외출이 제한된 요즘, 내게 집, 그리고 내가 사는 곳의 존재는 더욱 피할 수 없는 자리가 되어버렸다. 집에서 머물고, 종종이라기 보다는 가끔 밖을 나서고, 그래봤자 인천의 어디거나 저기를 거니는 날들에, 나의 생활은 '인천'을 무대로 펼쳐진다. 서울에서 일하고 생활할 땐 동네 카페에 가 서너 시간을 노트북 앞에 앉아있곤 했는데, 그 서너 시간 엉덩이를 붙이고 무언가를 쓰곤 했던 자리를 찾으러 나는 몇 번의 실패를 하곤 한다. 프랜차이즈 카페라면 여기라고 없는 건 아니지만, 그곳의 소음, 언제 누가 내 곁에 와 어떤 행동거지로 시야를 방해할지 모를 위험을 생각하면, 발길은 방향을 돌리게 된다. 싸고, 맛있고, 시끄럽지도 않아 단골 카페에 갈 때면 들러서 한 끼를 떼웠던 파스타 집을, 바리캉을 쓰지 않고 가위로만 잘라주는 미용실을, 여름에도 카푸치노를 맛있게 내어주는 카페를, 나는 이곳에서 찾을 수가 없다.《날아라, 사이타마》의 주인공 모모미는 "사이타마 현민은 길가의 풀이나 뜯어먹고 있으라 그래"라고 매몰차게 쏘아붙이는데, '길가의 풀'은 아니지만, 나는 사실 되받아칠 자신이 아직은 별로 없다.

내가 대학에 들어갔던 무렵, 정재은 감독의 영화《고양이를 부탁해》가 꽤 좋은 반응을 얻었다. 배두나란 이름이 세상에 빛을 내기 시작했던 작품이고, 10대 여고생들의 답답한 현실을 벗어나려는, 작은 고양이를 닮은 몸짓이 작고도 아름다웠다. 하지만 그건 동시에 나약하고 가녀린 'Wanna be Seoul'의 정서기도 해, 인천엔 서울이 될 수 없는 애처로움의 서사가 어김없이 있다. 가깝지만, 전철 한 번이면 갈 수 있지만 서울은 아니라는 안타까움의 사연이 오늘도 만원 전철을 타고 이른 새벽길을 달린다

사이타마 현민이 도쿄에 가지 못해 발버둥을 치는 것처럼, 인천 시민에겐 서울과 대비되는 도시로서의 억울함이, 서해 바다 짠맛만큼 모질고 애절하다. 영화 속 별(Byul)의 몽롱한 전자음악과 여고생 감성의 뽀얀 색감을 덜어내 보면, 남는 건 퇴락한 항구의 처연함과 세월에 소외된 대도시의 녹슨 뼈대뿐, 사실 그런 현실뿐인 것이다.

지금 그 고양이들의 동네 인천의 구도심 동인천 일대는 레트로의 열풍으로 다시 발길이 모이고 있다. 서울과 인천을 오가는 직통 버스는 점점 늘어 10여 대에 이르는 요즘, 'Wanna be Seoul'은 옛

말이 되어버렸는지 모른다. 우리 아파트 맞은편에 산능선이 하늘과 닿아있고, 그건 꽤 정취있는 저녁 무렵을 보여주기도 한다. 어쩌면 덜어내봐야 할 건, 영화에 짙게 묻은 그 시절의 정서가 아닌, 내게서 아직 끝나지 않은 서울 살던 시절의 미련 같은 것이었을까.

무엇보다 인천엔 바다가 있고, 사이타마와 달리 서해안 항구 도시이고, 좀 유치한 예지만 송도 신도시엔 '미스터 트롯' 장민호가 살고있다. 그리고 최근 영탁이 이사를 왔다. 서울은 아니지만, 그런 서해 바다 나름의 내일이 인천 하늘 아래 태어난다.

엄마의 생신날이었나, 간만에 이유 없는 외식이었나. 길 건너 동네 식당에서 점심을 가족들과 함께했던 날이 있다. 쭈꾸미와 버섯전골, 그리고 2인분 이상 주문 시 고르곤졸라피자를 서비스로 내주는 곳이었는데, 다들 이야기하는 가성비는 둘째치고, 쭈꾸미와 버섯전골, 그리고 고르곤졸라피자를 어떻게 함께 먹어야 할지 그림이 그려지지 않았다. 아마도 마약 떡볶이를 주문하면 따라오는 쿨피스의 역할이었겠지만, 역시 좀 궁상맞다. 매운 걸 원체 먹지 못하는 체질이라 주로 버섯전골을 탐했지만, 맛만 보라는 누나 말에 비로소 쭈꾸미 한 젓가락을 입에 넣어 보았다. 맛있는 건 잘 모르겠고, 그저 맵기만 했는데, 옆에 놓인 콜라 대신 피자를 나도 몰래 한 입 베어 물었다. 세상은 참 모를 일이다.

쭈꾸미 집 피자라 할 수 없을 만큼의 쫀득함, 제법 농후한 치즈를 쓴 건지 입에 맴도는 구수함, 엄마는 '화덕에서 구운다'고 이야기했는데, 궁상맞은 구색에도 나름의 이유는 있었다. 서해에서 잡아온 쭈꾸미, 그리고 매운 맛을 달래줄 정체 모를 고르곤졸라피자. 나는 몰랐던 그런 조합. 일상이란, 어제를 대체하는 게 아니라 또 하나의 오늘을 더해가는 시간이라는 걸까.

밖으로 나와 누나와 엄마는 점원 아주머니가 손수 만들어준 맥심 커피를, 난 아메리카노를 들고 산 너머 언덕을 한참 바라봤다. 그곳의 명칭은 무슨 우연인지 남촌동, 우리 집 바로 옆동네. 우리 동네엔 '산 너머 남촌'의 오후가 흘러간다. 역시 좀 미사리 카페스럽긴 하지만, 인천 어느 동네의 저녁이 저물어간다.

벌써 몇 해 전, 도쿄에서 면접을 보며 난 '태어난 곳은 고를 수 없지만 사는 곳은 고를 수 있다'고 이야기한 적이 있다. 왜 굳이 일본에서 일을 하고 싶냐는 질문이었는데, 그저 그곳에 있고 싶다는 말에 조금 멋을 부려봤을 뿐인 문장이다. 그 시절, 그날의 나의 말을 여기서 조금 달리 말해보면, 고를 수 없다는 건 하지 못함의 제한된 삶이기도 하지만, 그만큼의 애착, 애절함, 때론 미운 정, 그리고 어쩌면 운명 같은 연이 자라는 시간의 세월이기도 하다.

　서울에서의 10여 년 세월을 뒤로 하고 다시 인천에서, 나는 여전히 이곳이 마음에 들지 않고, 가끔은 짜증도 나고, 불만만 투성인 날들도 있지만, 이곳에만 자라는 시간의 정취를 가끔 생각한다. 나를 기억하고 있고, 내가 잊지 못한, 고향이라기 보다 내가 살아가는 곳으로서의 '우리 동네.' 그런 시절이 다시 새로운 하루를 시작하려 한다.

영화가 끝나고 시작하는 이야기

엄마도 누나도 거실의 TV를 보지 않은 시간, 나는 거실에 앉아 TV를
켜고 흑백 영화를 튼다. 언제가 될지 모를 그 틈새 시간에 무언가 볼
프로그램을 찾는다는 건 '시간을 버리는' 낭비일 뿐이고, 흑백 영화를
틀고 예상하지 못했던, 예측할 수 없었던 시간과 만나는 건, 내 작은 방
에서의 꽤 근사한 여정이 되기도 한다.

먹고살기 위한 최소한의 조건을 의식주라고 할 때 일상이란 이름엔
그 세 가지 항목에 $+\alpha$ 의 자리가 끼어 있다. 흔히들 쇼핑이나 독서
나 취미라 이야기하는 것들이 그 α 에 해당되고, 동시에 OOO+α
의 α 라는 건, 곧 생략되도 무방한, 없이도 생활이 가능한 무엇이다.
하지만 코로나19로 일상이 돌연 멈춰버리고 내가 가장 곤혹을 느꼈
던 건, 의식주가 아닌 바로 $+\alpha$ 의 자리였다. 예전처럼 종종 찾던 카
페도, 노트북을 앞에 두고 서너 시간씩 머물렀던 시간도, 살 것도 딱
히 없으면서 하릴없이 걸었던 거리에서의 시간도 $+\alpha$ 란 이유로 일
제히 삭제됐다.

출퇴근도 하지 않으면서 외출을 한다는 건 상당한 설득력을 갖춘 구실을 필요로 하는 일이 되었고, 카페에 앉아 마감을 하던 나의 어제는 더 이상 머물 자리를 갖지 못했다. 5년째 집에서의 생활을 이어가며, 그 시절 봄날에 잘려나간 나의 +α 는 내가 그 때를 기억하는 가장 큰 상실의 향수가 되었버렸는지 모른다. '일상'이, 점점 멀어져갔다.

내가 사는 동네엔 예술 영화를 상영하는 극장이 딱 한 곳 있다. CGV가 구색을 갖추기 위해 몇 년 전부터 운영하고 있는 소위 '아트하우스'도 딱 한 곳, 인구 300만을 바라보는 도시에 예술 영화 전용 극장이 그렇게 딱 두 곳이다. 1 더하기 1은 2가 분명한데, 굳이 한 곳이라고 이야기하는 건, 대기업의 간판 아래 생색내기에 가까운 라인업으로 멋을 내는 곳에서, 내가 아는 극장이라는 단어의 온기는 찾을 수 없기 때문이다.

언젠가부터 상영장 입구의 검표를 하던 사람은 보이지 않고, 티케팅을 도와주던 사람도 사라졌고, 매점 코너에서 발권까지 도맡아 하고 있는 걸 보면, 영화는 그저 구실일 뿐, 영화로 장사를 하는, 오히려 +α 를 위한 들러리가 되어버렸다고, 삐딱선을 타게 된다. 코로나가 시작되고 비대면을 이야기하는 시대에, 그건 오히려 이상한 선

경지명같기도 하지만, 의식주 그리고 α 로서의 영화가 난 그저 몹시 그리울 때가 있다.

우리 동네의 또 다른 예술 극장. 그곳을 안 건 극장이 오픈을 하고 10년이 더 지난 뒤였다. 사실 처음 혼자서 극장에 갔던 건 고등학교 1학년 무렵, 멀티플렉스가 막 생기던 시점이었는데, 자율학습을 땡땡이치고 그 체인 극장의 인천 지점에서 일본의 전통 수사물《춤추는 대수사선》을 혼자 봤다. 그게 1997년 무렵의 일이니, 끼리끼리 손을 잡고 온 사람들 복판에서 그 오락 영화를 혼자서 봤다.

이병헌과 지금은 소식이 깜깜한(평범한 세일즈맨으로 살고 있다는) 여현수 주연의《번지점프를 하다》, 여배우의 노출로 시끄러웠던 여균동 감독의《미인》, 일본 문화 개방 후 뒤늦게 도착한 미야자키 하야오의《이웃집 토토로》까지, 수업과 수업 사이, 책가방은 독서실에 놔둔 채 멀티플렉스에서 혼자의 시간을 보냈다. 영화에 대한 감식안도, 취향도 아직 자라지 않았던 시절, 책상에서 잠시 고개를 돌려 바라본 곳에 영화가 있었다. 지금이야 멀티플렉스 시네마를 좋아하지 않지만, 내게 영화의 시작은 CGV 인천, 어김없이 그곳이었던 것이다. 혼자만 혼자였던 자리에서, 영화란 α 는 나의 모든 것이기도 했다.

10년이 더 지나 뒤늦게 만난 우리 동네 예술 극장에서, 난 수많은 영화를 봤다. 그 극장은 시의 지원을 받는지 입장료도 저렴해 '문화가 있는 수요일'에 찾으면 달랑 5000원 한 장에 한 편을 볼 수 있기도 했다. 멀티플렉스와 달리 엔딩 크레딧 마지막 글자가 끝날 때까지 불이 켜지지 않았고, 도중에 퇴장하는 사람도 적고, 중간에 비치는 휴대폰 불빛이랄지, 소음도 현저히 적었다. 극장으로 가는 버스가 유독 잘 오지 않는 노선이라는 게 치명적인 단점이기는 했지만, 코로나로 문을 닫기 직전까지 그곳에서 영화를 봤다.

　켄 로치의《미안해요, 리키》랄지, 고레에다 히로카즈의《진실》이랄지, 노아 바움백의《결혼 이야기》등, 혼자 살던 시절 마구잡이로 영화를 몰아보던 것마냥 영화를 봤다. 마지막은 아마도 프랑소와 오종의《신의 은총으로》. 로비에 걸린《페인 앤 글로리》포스터를 보며, 난 이 영화를 다음에 봐야겠다고 잠깐 생각했는데, 그날은 오지 않았다. 마치 마침표가 꽉 찍혀버린 듯 +α 의 시간이 찾아오지 않았다. 영화관은 어김없이 세월과 함께 흘러가는 자리다.

　좀처럼 극장에 갈 수 없는 시절, 나는 집에서 매일을 보낸다. 정확하게 이야기하면 방에서 대부분의 매일을 보낸다. 잠깐 우리 집의 구조를 설명하면, 모두 네 개의 방을 엄마와 나, 그리고 누나가 나누어 쓰고, 엄마는 안방과 내 방 맞은편의 작은방을 (엄마만 아시는 용도로) 구분해 사용하신다. 나의 하루라고 하면, 방에서 일어나 느지막히 화장실을 들르고, 부엌으로 향해 밥이거나 빵으로 아침 식사를 때우고 다시 방으로 돌아오는, 그의 대충 비슷한 반복들. 하는 일이란 게 어쩔 수 없이 노트북을 사용하는 것이라 책상 앞에서의 시간이 압도적으로 많다. TV는 안방과 마루에 한 대씩, 엄마와 누나의 애청하는 프로그램 시간대를 피하다 보면 나의 자리는 별로 남아있지 않다. 조금 분하긴 하지만, 어느 즈음부터인가 나는 애지감치 밖에서 TV 볼 마음을 접어버렸다.

요즘은 뉴스도 웹에서 볼 수 있고, TV 못지않은 프로그램들이 넷플릭스, 유튜브에도 충분하니, 별로 슬프지는 않은 이야기다. 다만, 엄마도 누나도 거실의 TV를 보지 않은 시간, 나는 거실에 앉아 TV를 켜고 흑백 영화를 튼다. 언제가 될지 모를 그 틈새 시간에 무언가 볼 프로그램을 찾는다는 건 '시간을 버리는' 낭비일 뿐이고, 흑백 영화를 틀고 예상하지 못했던, 예측할 수 없었던 시간과 만나는 건, 내 작은 방에서의 꽤 근사한 여정이 되기도 한다.

엄마가 머리를 하러 외출하셨던 어느 오전, 나는 빔 벤더스의 《베를린 천사의 시》를 다시 한 번 꺼내보았다. 1991년에 만들어진

114분짜리 영화. 머리를 말고 중화제를 바르고 드라이를 하고 다듬고 아파트 입구를 지나 13층 엘리베이터가 오르기까지… 딱 적당할 러닝타임이다.

《베를린 천사의 시》에는 정말 천사가 등장한다. 워낙에 유명한 영화는 왜인지 본 것 같은 착각을 갖게 하는데, 이 영화가 내겐 딱 그랬다. 베를린 고층 건물 꼭대기에서 도시를 내려다보는 천사의 시점으로 시작하는 영화는 후반까지 다소 유치하게 흐르는 듯도 싶다. 무언가에 상처받아, 사는 일에 아무런 가치가 느껴지지 않아 낙심하던 날, 나도 모를 용기를 내고 마음을 다잡을 때, 그건 '천사'가 곁에 있기 때문이다. 흑백 화면 속에 흘러가는 베를린 도시의 일상은 그것만으로도 '아트'같지만, 줄거리만 쏙 빼놓고 보면 사실 도를 넘은 천진난만이다. 하지만 영화는 마지막에 이르러 영화와 현실, 이승과 저승을 아우르는 거대한 울림을 남기고 끝이 난다. 하늘 너머 어딘가의 천사가 아닌, 내 안의 천사와 마주하게 하는 대목에서 영화는 곧 나의 이야기가 되어버린다. 비록 이곳에 있지만, 여기는 그곳이 아니지만, 나는 집에서 겨우 영화 한 편을 보고 있지만, 영화로 인해 흘러가는 나의 시간은 (보이지 않을 뿐) 분명 어딘가에 있다. 어김없이 픽션, 영화 이야기이지만 영화를 보는 나의 이야기이기도 한 것이다.

서울에 살던 시절 자주 찾았던 동네 극장이 다시 문을 열었다고 했다. 여대 안을 들어가 한참을 걸어야 하는 이유로 자주 가진 않았지만, 유아인을 우연히 마주쳤던 또 하나의 예술 극장도 문을 열었다. 코로나가 시작되고, 어찌할 수 없이 문을 닫았던 가게들이 조금씩 다시 시작의 움직임을 보였다.

내겐 이런 작은 극장들의 재개관이 보다 더 '다시 시작하는 일상'처럼 느껴진다. 자본력을 등에 없고 좌석을 반만 열어 장사를 하던 극장에 이런 '재회'의 순간은 아마 영원히 오지 않는다. 내가 집에 돌아와 즐겨 찾던 동네 극장은 여전히 문을 닫고 깜깜 무소식이지만, 그만큼의 뭉클함이 기다리고 있을까. 그곳에서 보려던《페인 앤 글로리》는 여전히 보지 않았고, 어쩌면 보지 못했고, 내겐 아직 오지 않은 내일이 기다리고 있다. 동네 극장이 내일을 예고하는 시절에 다시 영화 한 편을 보고 싶다.

우리 동네에 대한 영화적 상상

> 남들이 산에 올라 벌초를 하고 경상도 특유의 문어찜을 차려놓고 제사를 지내고, 4~5시간 정체길의 피곤함을 털어놓을 때, 난 간촐하게 차린 제삿상을 후딱 치우고 피자를 시켜먹던 오후를 슬며시 꺼내놓고 멋쩍은 웃음을 짓는다.

영화의 제목이야 언어가 바뀌면 달라지기 마련이지만, 어떤 외화 앞에선 종종 만감이 교차하게 할 때가 있다. 가장 가까운 예로는 지난 7월 개봉한《아무튼, 아담》이랄지, 뒤에 붙은 한 문장을 과감히 삭제하고《돈 워리》가 되어버린 구스 반 산트의《Don't Worry, He Won't Get Far on Foot》. 개인적으로 가장 마음이 답답했던 것은 고레에다 히로카즈의《좀도둑 가족(万引き家族)》이 당시 한국의 힐링 에세이 붐 속에서 어디다 가져다 놓아도 무방할 타이틀《어느 가족》으로 둔갑해버린 순간이었다.

말하자면 영화 제목들의 '로스트 인 트랜슬레이션',《아무튼 아담》이라는 제목을 처음 보았을 땐, 난 '아무튼 시리즈'의 코난북스가 또 한 권의 '아무튼'을 내놓은 줄 알았다. 그러고 보면 소피아 코포라의 《Lost in Translation》은 국내에서 《사랑도 통역이 되나요?》가 됐는데, 제목, 이름이란 어쩌면 이해를 위한 오해의 시간을 거친다.

제목이 변해 민망한 영화라고 하면, 장 뤽 고다르의 《포에버 모차르트》를 빼놓을 수 없다. 누벨바그의 시작, 아트 시네마의 거장 작품에 이렇게 촐랑대는 제목이 또 있을 수 있을까 싶지만, 이 영화의 원제는 띄어쓰기를 한 포 에버, 《For Ever Mozart》다. 풀어보면 '아직 남아있는 모차르트를 위하여' 정도가 될까. 한국말로 포에버를 띄어 쓴다는 건 인쇄 사고라 오해받기 십상이지만, 난 이 영화의 크레딧을 몇 번이나 다시 확인하고 또 찾아봤다. 하지만 말이란 게 참 수상해, 뉘앙스와 어감을 생략하고 보면 《포에버 모차르트》는 별로 틀린 말이 아니다. 마치 서울에 살던 내가 인천에 돌아와서도 똑같이 '우리 동네'를 이야기하고 있는 것처럼, 자리와 시간으로 완성되는 말들이란 게 있다.

인천에서 태어나 30년을 넘게 살고 있는 나에게 귀향의 철, 명절은 소통을 위해 남들보다 약간의 노력이 더 필요한 시기이다. 이제는 귀향, 귀성과 함께 귀경도 이야기하는 시대이지만, 아직도 추석이나 설이 다가오면 "시골 다녀오세요?"란 말을 어김없이 듣는다. 내게 고향이 없는 건 아닌데, 태어나 자란 30년의 마을이 있는데 시골이 아닌 고향은 좀 어색하고, 기껏해야 '우리 동네' 정도가 나에겐 돌아가는 시절의 오래된 '보금자리' 같다. 남들이 산에 올라 벌초를 하고 경상도 특유의 문어찜을 차려놓고 제사를 지내고, 4~5시간 정체길의 피곤함을 털어놓을 때, 난 간촐하게 차린 제삿상을 후딱 치우고 피자를 시켜먹던 오후를 슬며시 꺼내놓고 멋쩍은 웃음을 짓는다. 경상도와 전라도를 가로지르는 고향 이야기 사이에, 좀처럼 그 말이 익숙지 않은 '우리 동네'는 소통의 자리를 잃고만다.

그렇다고 내게 고향에 대한 마음, 애향심 같은 게 없냐고 하면 별로 그렇지는 않다. 큰 관심도 없으면서 야구를 보면 내심 연고팀, (하필이면 가장 미움받는다는) SK를 응원하고, 영화나 드라마 속 내가 아는 동네가 나오면 괜스레 텐션이 한 템포 올라간다. 시작부터 마음에 들지 않아 패스했던 드라마《이태원 클라쓰》는 요즘 일본에서 유행이라고 하는데, 그 드라마 장면이 스쳐가면 나는 내가 살던 시절의 흔적을 내심 찾기도 했다.

심지어 바다 건너 이야기, 신주쿠와 시부야에서 대부분 촬영을

했다는 이시이 유야의 영화《도쿄의 밤하늘은 항상 가장 짙은 블루》
는 여전히 나의 그저 짧았던 1년 남짓의 도쿄 스토리 같기도 하다.
태어난 자리가 아닌 살아가는 자리들. 고향과 동네의 그런 차이, '우
리 동네'란 주소로 기록되지 않는, 때로는 기억상의 집이고, 지금 살
고있는 '인천'을 누군가 그냥 고향이라고 말한다면, 난 아마도 결사
반대라 소리지를지 모른다.

　제목에 화들짝 놀라 보게 됐던 고다르의 영화《포에버 모차르
트》는 보스니아 내전이 뜨겁던 1990년대를 배경으로, 영화를 위해
사라예보로 떠나는 일행, 알프레드 뮈세의 희곡, 실패한 이념, 도덕
과 선, 그리고 악과 죄의식이 산재하는 붕괴 직전의 유럽 세계를 그
린 작품이다. 전쟁터와 영화 현장을 오가며 일직선으로 흐르지 않는
스토리는 혼란을 수습하지 않은 채 흘러가고, 그 와중에 주인공 노
감독의 말들은 심오하기 그지없어 마치 영화의 미장센처럼 기억에
남는다.
　"빛도 나이를 먹을까? 밤 하늘에 별과 별 사이를 바라보면 지나
간 별이 보여." 폴란드 집을 떠나 프랑스에서 가정부로 일하는 자밀
라 곁을 맴돌며 노인이 내뱉는 이 말은 집 잃은 그녀에게, 전쟁에 찢
겨진 이 세상에 어쩌면 '고향' 같은, 이름은 달라져도 변하지 않는,

함께 존재하는 자리에 대한 이야기처럼 들려왔다. 서울에 살면서도, 다시 인천에 돌아와서도, '우리 동네'란 말이 유효한 건 아마 이렇듯 함께 늙어가는 세월의 덕택이 아닐까.

고다르의 《포에버 모차르트》가 아닌, 《이미지 북》이 상영됐던 2017년 부산영화제, 통역을 준비하고 있던 나는 영화제에서 잡아준 센텀호텔 인근과 금세 친해졌다. 정문을 나와 코앞에 지하철 역이 있고, 바로 맞은편엔 버스가 다니는, 교통이 매우 편리한 덕도 있었지만, 매일 새벽 일어나 호텔 1층 앞에서 찬 바람을 맞으며 담배 한 가치를 피우던 시간이 그 시절의 아침이 되었다.

새로운 일에 대한 설렘 탓이었는지, 당시 복용중인 약의 부작용이었는지, 아침 잠을 몽땅 잃었고, 늦어도 오전 3시 즈음에 일어나 준비를 하고, 간단한 홈 트레이닝을 하고, 식당이 문을 열기 전 소파에 앉아 아무것도 아닌 시간을 보냈다. 객실의 모든 방 문을 열어놓고, 유튜브를 틀고 커피 한 잔을 내려 맨몸으로 보내던 호사스런 10여 일의 새벽. 그때 알게된 노래가 쎄로(Cero)의 '대정전의 밤에(大停電の夜に)'인데, 나는 가끔 그 호텔이 지나온 '우리 동네'처럼도 느껴진다.

대정전의 밤에 너는 편지를 써
손을 멈추고, 창문을 열고 눈을 감고
마을의 수선함에 귀를 기울이지
불가사의한 밤에 너는 회중전등을 비추고
고요한 찬 바람에 겨우 알아차린다

이 노래의 뮤직비디오가 촬영된 건 도쿄 미타카다. 10여 년 전 내가 살던 '우리 동네'. 조금 영화 같은 이야기지만 '우리 동네'는 바다를 건너, 국경을 넘어 이어져 있고, 그런 불가사의한 동네가 이제 난 '우리 동네'라고 조금 자신을 갖고 말할 수 있을 것도 같다. 고다르의 '포에버 모차르트'와 '포 에버 모차르트'가 그런 것처럼, 우리 동네는 이사를 하고도, 바다를 건너고도, 세월이 지나서도 '고향' 같은 이름으로 내 곁에 남는다. 나를 혼자가 아니게 도와주는 세월의 이름. 우리 동네엔 나의 어제도, 오늘도 내일도 있고, 고향 못지않은 애틋한 생활의 정취가 흘러간다.

가지 않던 길을 향한 산책

"왕벚꽃은 좀 더 늦게 펴"라고 엄마는 말씀하셨는데, 우리 동네엔 벚꽃 철이 두 번 지나간다. 이 동네에서의 세월도 벌써 5년여. 하지만 이제야 처음 보는 풍경들이 있다. 동네란, 거리란 사실 계절과 한 쌍인지라 때로는 타이밍을 맞추지 못해, 가끔은 이유없이 빠른 걸음에 동네의 '샛길'들을 놓치곤 한다. 샛길은 사실 인생에 숨은 가장 가까운 '복선'인지 모른다.

내가 살고 있는 곳은 작은 아파트 단지지만 담 하나 너머엔 몇 배는 크고, 사람도 많이 사는 또 다른 아파트 단지가 있다. 둘은 얼마 되지 않은 계단으로 이어져 있고, 계단을 오르면 오른편에 테니스장이, 조금 더 걸어 대형 마트의 분점이, 우리 아파트에선 좀처럼 보이지 않는 편목 나무나 내 또래 남녀와도 심심찮게 스쳐간다. 이게 뭐 대단한 이야기는 아니지만, 집에 빵이 떨어진 날 계단 너머 파리바게트로 향하며 나는 분명 내 안의 조금 다른 템포, 어쩌면 설렘 같은 걸 느꼈다.

뙤약볕에 대비해 모자를 꺼내 쓰고, 봉투를 사지 않기 위해 장바

구니를 챙기고, 오는 길엔 차가운 아메리카노를 사서 몇 모금 마시는 그림까지 떠올렸다. 고작 파리바게트에 가면서 이게 무슨 주책, 호들갑인가도 싶지만, 세상엔 샛길에서 보이는 내일의 풍경이 있다. 좀처럼 가지 않았던 길, 지나치고 뒤로 했던 길에서 만나는 이러저러한 것들. 어쩌다 알게 된 영화《요코미치 이야기》를 보다 지나간 몇 번의 샛길, 빵을 사러 걷던 그 길의 오후를 생각했다. 계단 너머의 그곳이 생각났다.

《요코미치 이야기》, 이 영화의 정확한 제목은《요코미치 요노스케(橫道世之介)》다. 이건 영화의 주인공 코라 켄고가 연기하는 남자의 이름인데, 말하자면 한국에 건너와 이름은 어디 가고 성만 남은 셈이다. 그렇다고 지금 제목에 딴지를 걸려는 건 아니고, 요코미치 요노스케, 그에게서 이름을 앗아갔을 때 영화가 이야기하는 절반은 샛길 속에 숨어버린다. 굳이 풀어해 보면 요코미치는 샛길, 요노스케는 '세상의 일부'란 뜻을 갖고 지어진 이름이라는 걸, 영화는 자연스레 알려준다. 그러니까 '요코미치 요노스케'는 세상 어디든 숨어 있는 '샛길', 그 길을 닮은 한 남자의 인생담이다. 이렇게나 초라하고 장대한 타이틀에 난 마음 한 켠이 욱신거렸다. 심지어 영화의 러닝타임은 2시간 40분이나 한다.

머리 자를 타이밍을 놓쳤다. 보통은 한 달, 머리를 기르기로 결정한 뒤로는 두 달에 세 번꼴로 미용실에 다니곤 하는데, 코로나 탓인지, 나의 게으름 때문인지 앞머리가 눈가를 찔러오기 시작했다. 회사에 다닐 땐 일과 섞여 알게모르게 흘러가던 시간이, 혼자가 된 후로는 하나의 선명한 '일과'가 되어 내게 다가오는 듯한 날이 있다. 가는 길에 사는 빵이 아닌, 빵집에 가는 길, 나간 김에 사오는 식료품이 아닌 장 보러 가는 길.

머리를 자를 때 나는 오전 11시쯤 예약을 넣고, 40분쯤 전에 나와 버스를 기다리고, 버스가 오는 사이 멍하게 하늘을 보며 담배 한 모금을 태우기도 한다. 유독 멀게 느껴지는 맞은 편 산자락, 자전거를 타고 지나가는 어느 중년 아주머니, 봄자락을 지난 벚꽃 나무의 빈 나뭇가지… 그 나무 기둥에 붙어있는 '왕벚꽃나무'라는 이름을 보고는 한 해 전 입원 중이었던 엄마에게 꽃 사진을 찍어 보여 드렸던 날을 생각하기도 했다.

"왕벚꽃은 좀 더 늦게 펴"라고 엄마는 말씀하셨는데, 우리 동네엔 벚꽃 철이 두 번 지나간다. 이 동네에서의 세월도 벌써 5년째. 하지만 이제야 처음 보는 풍경들이 있다. 동네란, 거리란 사실 계절과 한 쌍인지라 때로는 타이밍을 맞추지 못해, 가끔은 이유 없이 빠른 걸음에 동네의 '샛길'들을 놓치곤 한다. 샛길은 사실 인생에 숨은 가장 가까운 '복선'인지 모른다.

단지 옆 막혀 있던 공원 출입문이 다시 개방된 날, 집으로 돌아오며 화단에 핀 물망초를 보았다. "하얗고 보라색인데 머리는 숙이고 있는데, 물망초 맞아요?" 동네에서 만나는 물망초라… 샛길은 조금 설렘의 말이기도 하다.

오래전 종종 찾곤했던 이태원의 술집엔 너무 유명해 진부해져버린 시 한 구절이 쓰여 있었다. 중학교 2학년쯤 교과서에 나왔던가. 로버트 프로스트의 〈선택되지 않은 길〉, 꽃 그림이 가득 채운 싸구려 벽지 위에 왜 하필 그 시가 두 줄만 잘려 적혀 있었는지는 모르지만, 그런 유행이 멋스러운 척 시내 곳곳 술집을 장식하던 시절이었다.

인생에 대한 비유, 선택이 아닌 선택하지 않음을 돌아보는 산책, 아마도 이렇게 배웠는데, 술을 홀짝이며 종종 눈에 비치는 문장은 너무나 어울리지 않아 오히려 시의 적절하게 느껴졌다. 어떤 자리, 어떤 타이밍에서도 내가 잘못한 것 같은 느낌을 주는 시. 취기에 금세 잊혀지는 싸구려 반성이었지만, 내가 가지 않은 길에 대한 미련, 후회, 그런 미지의 샛길은 어쩌면 항상 내 곁에 있었다.

Two roads diverged in a wood, and I,

I took the one less traveled by.

《요노스케 이야기》는 사실 잘 번역된 제목인지 모른다. 이름만큼 아무런 목적도 없이 살고 있는 듯한 이 남자는 사실 주인공이지만 주인공이 아니다. 대학에서 처음 만난 잇페이, 한눈에 반해버린 여자 치하루, 두 번째 친해진 대학 친구 카토, 그리고 요노스케에게 연애의 감정을 느껴버린 부잣집 공주님 쇼코까지. 영화는 요노스케 이야기를 하는 것 같지만, 그를 스쳐가는 이들이 놓치고 간 '샛길'로서의 요노스케를 이야기한다.

취업을 하고 결혼을 하고 아빠가 되고 우리가 아는 인생의 메인도로를 걷는 이들 곁에서 요노스케는 조금 더디게, 눈에 띄지 않게, 타자에 반응하는 인물로 내내 그려진다. 영화는 다수의 플래시백으로 요노스케의 삶을 이어가고, 아무리 보아도 이건 우리가 '가지 않았던 길'로서의 요노스케이다. "타인에게 무언가 바라고 그게 이뤄지지 않는다고 화를 내는 건 하찮은 속물의 짓일 뿐이다." 처음으로 실연을 한 상황에서 요노스케는 고작 이렇게 말한다.

내가 살고 있는 아파트엔 길냥이 세 마리가 산다. 누군가 밥과

물도 주는지 사람을 피하지 않고, 어느 날 쓰레기를 버리다 보니 '나비아, 나비야'라고 고양이를 부르는 경비 아저씨의 목소리도 들려왔다. 안쓰럽게도 대부분 쓰레기 수하장 근처를 얼씬거리지만, 가끔은 자동차 본네트 위에 올라와 있기도 하고, 햇살이 좋았던 오후, 정자의 대청 마루 구석에 몸을 숨기고 있는 작은 고양이를 본 적도 있다.

영화를 보면 고양이가 꽤나 중요한 암시의 장치로 등장하기도 하는데, 우리 동네 고양이도 《인사이드 르윈》에서 처럼 내가 가지 않은 길의 암시가 되어주는 걸까. 삼색을 한 작은 고양이를 한참 바라보고 있던 순간, 누군가 과자 부스러기를 갖고 고양이 곁으로 다가갔다. 어느새 그곳에 고양이는 달아나고 없었다. 별 일도 아닌 듯 나는 발길을 돌려 집으로 향했지만, 내심 고양이가 걷는 길, 내가 보지 못한 길의 수천 일을 상상했다. 내 안의, 혹은 밖에, 아니면 곁에 흘러가는 샛길의 풍경을 마음 어느 구석에 새겨놓고 싶었다.

타인을 잃은 도시

2019년 《싱글즈》 01월호 칼럼

도시에 태어났다. 회색빛 빌딩에 차디찬 아스팔트. 그곳에 고향의 푸근함은 스며들지 않고, 타인은 점점 타인이 되어간다. 몹시도 추웠던 밤, 지하철 손잡이에 남은 누군가의 체온을 느꼈다.

#도시 #타인의취향 #도시의모럴 #서울

택시를 타지 않기로 마음먹고 3년이 흘렀다. 10년 넘게 잡지 마감 생활을 하며, 택시 없이 못 살던 내가 택시 없는 1000일을 넘게 보냈다. 운이 좋지 않으면 반말을 듣고, 까딱하면 아침부터 담배 연기에, 부러 돌아가는 길에 마음이 쪼그라져 화나는 시간이, 택시 문 닫듯 마음도 닫게 했다. 인도를 걷다 마주오는 사람은 비켜갈 마음이 별로 없고, 평지여야 할 인도는 곳곳이 굴곡이라 보이지 않는 돌부리에 걸리고, 러시아워 지하철이라도 타면 신경은 곤두서 조바심이 인다. 내리기도 전 문을 닫아버리는 버스에선 두 정거장 전부터 마음이 가시방석. 고작 거리에 나왔을 뿐인데, 이만큼의 실패가 쌓여간다.

전동 킥보드, 자전거 도로, 기술은 발달해, 환경은 이슈가 돼, 전에 없던 궁리와 이야기들이 새어나오지만, 정작 인도를 활보하는 오토바이에 나는 수도 없이 놀라고 만다. 길가에 늘어선 다인승 차량과 택시, 인도를 치고 들어온 SUV 승용차, 엄연히 법으로 정해진 질서는 어느새 밀려나 '다들 하니까', '잠깐이니까', 차를 피해 걷는 게 일상이 되어버렸다. 달리는 차, 주차된 차, 그리고 그걸 피해 걷는 사람들. 타인의 자리는 남아있지 않다.

타인과 타인이라 해도, 도시의 타인이라 해도 그곳엔 '관계'가 있다. 사람은 누구나 함께하며 만들어가는 자신이 있고, 그건 곧 어떤 타인도 완전한 타인일 순 없다는 이야기다. 그렇게 느껴지는 타인의 체온을 도시의 계절처럼 기억한다. 오래전 영화 《타인의 취향》에서 감독 아녜스 자우이는 차이로 드러나는 취향의 거리를 별거 아닌 타인의 풍경처럼 묘사했는데, 영화이긴 하나 알 수 없는 우연, 예고 없던 마주침, 왜인지 스쳐간 누군가의 발걸음 이후 그려지는 이곳의 하루이기도 하다. 편견과 선입견, 외면이 걷히고 타인의 시간이 드러난다. 콘크리트 빌딩의 차가운 도시에서 타인은 그렇게 태어난다. 하지만 현실에서 택배는 언제부터인가 물건을 문앞에 둔 채

벨만 누르고 가버리고, 카페에선 신용카드를 점원이 아닌 단말기에 직접 꽂아야 하고, 택시들이 진을 친 버스 정류장에선 한 차선, 때로는 두 차선이나 앞에 나가 버스를 타야 한다. 버스 곳곳에 쓰여 있는 '벨을 누른 뒤 정차 후 일어나라'는 말은, 내릴 곳을 놓쳐 고생을 하기 딱 좋을 조언이 되어버렸다.

심리학자 로버트 치알디니는 "사람은 다수의 사람이 반응하는 행동을 사회적 믿음이라 여기는 경향이 있다"고 말했는데, 익숙해져버린 비상식의 상식은, 좀처럼 움직이지 않는다. 법이 있기 앞서, 도덕을 말하기 이전, 도시는 다수에 숨기 시작했다. 타인을 잃은 수많은 개인들, 각자의 사정 만이 평행선을 걷다 충돌하는 교차로. 체인 커피숍 카운터엔 오늘도 픽업을 종용하는 진동음만이 세차게 울리고 있다.

얼마 전 서울시는 택시 불만을 해결하기 위한 S-택시란 앱을 공개했다. 늦은 밤, 특히나 연말연시면 유독 심해지는 승차 거부, 외국인을 상대로 한 바가지 요금, 차내 흡연을 방지하기 위한 벌금제 등 승객의 편의를 위한 조치라 하지만, 전에 없던 행정 처분을 위한 바탕작업이기도 하다.

택시를 타지 않은 3년, 내게 스쳐간 건 도덕을 위압하는 제재, 선의가 실종된 현실의 고육지책, 타인을 타인에 옭아매는 도시의 고장

난 계절 같은 풍경이었다. 타인을 망각한 도시에서, 바까은 겨울. 지하철에 핑크색 임산부 양보석을 만들고, 모든 음식점 내 흡연실을 없애고, 쓰레기를 줄이기 위해 휴지통을 철거하지만, 거리엔 번듯이 흡연을 하고 꽁초를 버리는 사람이 있고, 길가 곳곳에 쓰레기가 발에 치인다. 지난 11월 포천시 한 식당 여주인은 근처 야산에 투기된 쓰레기 탓에 "하루 파리 40마리를 잡았다"는 하소연을 했다고도 한다. 하지만 어차피 내가 아닌 타인의 사정. 선의와 도덕의 자리를 의무와 제도, 급조한 법들이 장악하는 사이, 도시는 망각의 길을 걷고 있다.

그곳에서 타인을 상상한다. 도시는 타인의 거리이고, 그곳엔 나의 시간이 흘러간다. 마이클 이그나티에프가 《평범한 미덕의 공동체(The Ordinary Virtue)》에서 '서서히 서로를 알아가고, 눈마주침을 주고받고, 코너를 돌아 맥주 6팩을 사고 돌아오며 그곳에 속함을 느낀다'고 설명했던, 모럴의 오퍼레이션이 작동한다. 타인이란 어쩌면 그저 조금 낯선 '우리'. 화장실을 가는 누군가의 머리는 영화관 화면을 가리고, 왜인지 큰 목청을 타고난 누군가는 카페에서 이어폰 볼륨을 높이게 하지만, 곁에 흘러가는 계절, 타인의 계절을 생각한다. 그곳에 남아있는 나의 오늘을 생각한다. 잠시 잊어버린, 도시의 계절을 위해, 그렇게 너를 한 번 돌아본다.

친구

#친구

나와 너의 유효기간

책 소개 글엔 '인연은 빈자리가 있어야 새로운 관계를 맞이한다'고 적혀 있었는데, 그렇다면 내게 '인연'의 총량은 몇 킬로그램일까. 아니 몇 그램일까. 친구, 혹은 그와 비슷한 사람들은 내게도 수없이 스쳐갔고, 멀어졌다. 지금 난 거의 대부분의 날을 혼자서 보내는데 인연의 자리는 체중처럼 불었다 줄었다 하는 걸까.

요즘 내겐 마주치면 말을 조금 나누는 사람이 있다. 같은 아파트 같은 라인에 사는 아마도 20대 무렵의 키 큰 청년. 우리 집은 15층 아파트에 60가구가 거주하고, 인구를 가늠할 수는 없지만, 마주치는 사람은 이상하게 정해져 있다. "안녕하세요", "들어가세요", "몇 층이세요?" 별것도 아닌 몇 마디를 주고받을 뿐이지만, 60가구 곱하기, 연령층이 높은 단지이니 4인으로 계산하면, 240분의 1 확률이 나온다.

무슨 의미라도 있는 걸까. 나는 주로 늦은 아침 쓰레기를 처리하러 밖에 나왔다 들어가고, 그 남자는 대부분 한 손에 휴대폰을 켠 채 무언가에 열중하다 인사를 건넨다. 최소한 그와 나 사이엔 1/240 정도의 우연이 작동한다. 친구도, 뭐도 아니고 이름조차 모르지만, 내 마음속 어딘가엔 239/240이 아닌 1/240만 존재하는 그 시간을 상상하고 있다. 그제 아침, 남자는 달걀 두 판을 들고 낑낑대며 엘리베이터에 올랐고, 난 "15층이시죠?"라고 물었다. 그와 나 사이에 대화가 하나 늘었다.

회사를 다니다 돌연 집에서 혼자가 된 뒤, 많은 것이 '사람'들로 설명됐다. 몸을 좀 추스리고 난 뒤 떠오른 것은 멀어진 사람들이었고, 마음을 다스리며 생각한 건 남아있는 사람들이었다. 그건 2016년의 마지막 무렵이었는데, 당시 나의 SNS를 훑어보면 못 생긴 감정이 덕지덕지 붙어있다. 숨고 싶어 손톱, 발톱도 감추고 싶은 기분이 든다. 누나들이 출근을 하고, 엄마가 외출을 하고, 곰돌과 홀로 남은 방 안에서, 하염없이 거의 매일 모든 걸 쏟아내다 하루가 끝이 났다.

함께 있을 때 모르던 '거리'가 뒤늦게 사무쳤고, 되돌릴 수 없는 소외의 시절이 쌓여갔다. 트위터는 어쩌다 2000명 가까운 사람들과 연결되어 있는데, 그건 꽤 고요한 숫자라는 걸 그 무렵에 알아버렸다. 'LA에서 돌아오면 연락 줄게요', '다음에 내가 다시 연락할께',

'언제 한 번 맛있는 거 먹자', 심지어 '괜찮아. 내 아래서 일해'… 기약도 없는 문장들이 하염없이 다가왔다 사무치게 떠나갔다.

얼마 전 블로그 사이트에 마음이 뜨끔하는 문장 하나를 발견했다. 아마도 어느 책의 타이틀이었는데,《멀어진 지인과 화해하는 법》(?). 자가 출판이었던 탓에 검색이 잘 되지 않고, 정확한 제목은 희미하지만, 문장의 뉘앙스만은 분명히 기억한다. 떠나버린 이에 대한 원망과 답답함, 억울함을 지나 잊고 싶지만 자꾸만 떠오르고, 때로는 그리워지기까지 하는, 그렇게 어찌하지 못함의 문장. 그런 미완의 사람들이 내게도 있었다.

나는 그와 비슷한 문장을 오래전 내 블로그에 긁적인 적이 있고, 사람과의 관계란, 다가오고 멀어지고 팽팽하게 유지되던 장력과 인력이 어느 순간 끊어져 잔해로 알게 되는 후회의 단어이기도 했다. 아무런 이유도 없는데 사이는 멀어지고, 싸운 기억은 더욱더 없는데 소원해지고, 윤이형 작가의 소설 구절을 잠시 빌려오면 "서로가 등만 바라보다 돌아서는 길목의 너와 내가 계절 끝무렵의 우리"《봄대감기》69쪽에서 떠올린 문장)였다. 오랜만에 도착한 그의 메시지엔 찬 바람이 불고 있었다.

나에게 그의 유효기간은 얼마일까. 그에게 나의 유효기간은 얼마나 갈까. 제목도 기억나지 않는 책 소개 글엔 '인연은 빈자리가 있어야 새로운 관계를 맞이한다'고 적혀 있었는데, 그렇다면 내게 '인연'의 총량은 몇 킬로그램일까. 아니 몇 그램일까. 친구, 혹은 그와 비슷한 사람들은 내게도 수없이 스쳐갔고, 그리고 멀어졌다. 지금 난 거의 대부분의 날을 혼자서 보내고 있는데 인연의 자리는 체중처럼 불었다 줄었다 하는 걸까.

늦은 밤, 먹지 말아야 했던 빵을 하나 더 먹은 탓에 몇 걸음 걸으러 밖으로 나섰다. 맞은편 가로등 불빛 아래 15층 그 청년이 여전히 휴대폰을 들고 있었다. 눈인사만 주고받았지만, 또 한 번 마음이 교차하는 타이밍, 밤거리가 따뜻하게 느껴졌다.

어떤 사람은 스쳐가고, 어떤 사람은 머물고, 어떤 사람은 남는다. 그리고 그건 너와 나의 서로 어긋나는 계절의 이야기라 이제는 생각한다. 나와 같은 계절에 머물렀던 그와 그런 사람들. 그런 지나간 시절을 잠깐 떠올렸다. 너와 나의 유효기간은 사실 아무런 상관관계가 없다. 다만 계산할 수 없을 정도의 묘한 확률이 너와 나의 우주를 오늘도 빙빙 떠돌고 있을 뿐이다. 떠난 사람과 아직 남아있는 사람들의 텅 빈, 그리고 채워진 시간들로.

SNS 만큼 가볍고, '좋아요'만큼 솔직한

> 절반 이하로 줄어버린 통신 요금은 그만큼 줄어버린 통화 수를 말하기
> 도 했다. 이쯤 되면 나의 스마트폰은 전화기라기 보다 SNS 단말기로
> 분류해 판매되어야 할지도 모를 지경이다.

회사에 다니다 회사를 나오고, 혼자서 살다 가족들과 살고, 그러면
서도 변하지 않은 게 SNS 정도라면 얼마나 허무한 일상일까. 사실
난 컴퓨터를 살 때도 기능보다 디자인을 보고, 백만 원이 호가하는
스마트폰은 절반도 활용하지 못한 채 2년의 세월을 흘려보내는 사
람이지만, 페이스북, 트위터, 인스타그램에 한해서라면 웬만한 디지
털 노마드족의 하루를 살고 있다. 회사에서 나온 이후 '아는 사람'이
란 카테고리에 분류되어 있던 이들은 너무나 쉽게 '아는' 딱지를 떼
고 멀어졌고, 절반 이하로 줄어버린 통신 요금은 그만큼 줄어버린
통화 수를 말하기도 했다. 이쯤 되면 나의 스마트폰은 전화기라기

보다 SNS 단말기로 분류해 판매되어야 할지도 모를 지경이다.

　시간 활용의 고수라 불리는 일본의 경영자 우스이 유키는 자신의 저서《일주일은 금요일부터 시작하라》에서 "눈에 보이는 도움이 되지 않는 SNS는 지금 당장 끊으세요"라고 말했는데, 도움도 되지 않는 SNS가 여기 또 하나의 트윗을 날린다. 하지만 사실 돌이켜보면 별 일도 없었던 나의 5년. 나의 휴대폰은 어쩌면 내 삶을 가장 정확하게 기억하고 있다.

　SNS라기 보다, 트위터밖에 없던 시절, 140자 한 마디는 황량한 바다에 내던져지는 외마디와 같았다. 그 무렵 난 도쿄 외곽의 작은 방에서 혼자의 생활을 시작하고 있었고, 하얀 게 예쁘다며 시부야에서 낑낑대고 사들고 온 도시바의 레그자 액정 TV에선 매주 화요일 에이타와 우에노 쥬리, 그리고 아직 동방신기이던 영웅재중이 출연한《솔직하지 못해서》가 방영 중이었다. 당시 내 기억에 따르면 이 드라마는 SNS 시대에 발맞춰 제작된 작품이다. 누군지 모를 허공을 향해 뱉어내는 외로움의 말들이 팅팅스(The Ting Tings)의 전자 사운드로 시작해, 시절 모르는 명곡 시카고의 'Hard to Say I'm Sorry'로 끝나곤 했다.

　하루가 무거웠던 주인공 우에노 쥬리가 하늘을 바라보며 찍어

올린 사진을 보고, 그 마음을 알아챈 오랜 친구 에이타가 달려온다는 것은 드라마라서 꿈꾸는 환상이지만, 트위터가 노리는 이상이고 전략이었다. 당시 난 이글루스의 블로그를 뜨문뜨문 갱신하며 트위터를 기웃거리고 있었고, 어느새 10년이 넘게 흘러 내가 지저귄 트윗이 1만이 넘는다고 트위터가 알려준다. 솔직하지 못해서, 말하지 못해서, 미안하거나 민망해서 하지 못한 말이 그 만큼쯤 됐을까. 트위터는 아마 내 속내를 가장 솔직하게 기억하고 있다.

페이스북은 가끔 지나간 나를 알려준다. 트위터는 알림을 꺼놓은 탓에 악플이 쇄도하지 않으면 지난 트윗을 되돌려보는 일이 거의 없고, 방금 올린 트윗도 (내 계정이) 인기가 없어서인지 금세 뒤로 밀려 찾기 힘들어지기 일쑤다. 트위터는 오늘을 보내버리기에 바쁘다. 그렇다고 페이스북이 나의 어제를 차곡차곡 간직해주고 있냐고 한다면, 별로 그렇지는 않고, 나는 그저 그들의 알 수 없는 알고리즘에 어쩌다 떠오른 '어제'에 아무런 대책 없이 넋을 놓고 있을 뿐이다.

가끔은 추억에 젖어, 가끔은 창피스러워, 때로는 누구도 기억하지 않을 일을 굳이 꺼내어 해명하고 싶어지기도 한다. 5년의 세월, 1만 개가 넘는 트윗, 1년 전, 2년 전, 심지어 7년, 8년 전. 그럴 때면 제법 장대하고 의미심장하게 느껴지기도 하지만, 나조차 기억하지 못하는 일을 세상이 궁금해할 리가 없다. 어차피 흘러간 일. 그리고 흘러갈 일. 애절한 시절을 아무리 애달파해도, 허수에 가까운 팔로워는 별 말이 없다. 트위터가 세상에 나오던 즈음, 난 고작 140자로 무얼 쓰냐고 빈정거렸지만, 세상앤 종종 그 140자를 위한 자리조차 없을 때가 있다.

이미 10년도 더 지난 일본 드라마 《솔직하지 못해서》는 마주하고 할 수 없는 이야기를 140자에 담으며, 어쩌면 전해질지 모를 희미한 '이어짐'을 이야기했다. 하지만 서른을 훌쩍 넘긴, 마흔을 코앞에 두고 있는 나에게 인연이란, 어쩌면 140자만큼도 되지 않는 무게의 단어가 되어버렸는지 모른다. 같은 곳에 있어도 다른 자리에 머무는 '동상이몽'은 사실 너무나 리얼한 관계의 디폴트고, 필요와 경우, 어쩌다 마주치고 스쳐가는 기적적인 우연이 아니라면 인연은 시작조차 하지 못한다.

물론 세상의 모든 만남이 계산에 날을 세우고 장단을 재는 장사치는 아니겠지만, 친분이랄지, 정이랄지, 그런 말들은 오히려 만남 후에 따라오는 것들, 잇속을 채우려고, 필요해서 만난 사람과도 절친이 되는 게 오히려 더 리얼하고, 어쩌면 인생이다. 근데 이런 트윗은 '좋아요'를 몇 개나 받을 수 있을까….

병원에서 나와 알 수 없이 멀어진 사람들에게 연락을 할지 말지 고민했던 밤이 숱하게 많았다. 험한 말을 떠올리며 밀어내보기도, 그 사람과의 나쁜 기억을 들추어 소원해진 관계를 정당화해보기도, 당시의 나를 변호하며 답답함을 풀어보려 하기도… 하지만 그렇게 진흙 같던 수천 번의 밤이 내게 알려준 건 오해는 이미 오해로 충분하다는 사실이었다. 풀어가는 게 아니라 더해가는 것, 오해를 살지도, 할지도 모르지만 다음으로 나아가는 것. 또 한 번의 솔직하지 못한 마음으로 마음을 전해보는 것. 그리고 금세 휘발되는 140자라 오히려 다행이고 안심이 되는 것, 그렇게 시작을 향하는 것. 인생은 어쩌면 그런 SNS와 같은 속내를 숨기고 있다.

그리고 나처럼 질곡의 몇 년을 건너온 사람에게 140그램도 되지 않을 그 가벼움은 리셋으로 통하는 버튼이 되기도 한다. 조금은 도망가는 느낌은 있지만, 또 다른 일드의 제목은 '도망치는 건 부끄럽지만 도움이 된다'였다. 사실 그저 조금 부끄러우면 되는 일. 21세기의 트위터는 인간의 가장 리얼한 심리 위에 작동한다.

세상은 가끔 셋으로 충분하다

《센서티브》는 내가 처음으로 읽어 본 일본어 활자의 학술서였다. 표지를 펼치고 첫 페이지엔 "당신은 '신경질적'이지도, '인내심이 모자라지도' 않습니다. 민감하다는 건, 사랑해야 할 '능력'입니다"라고 적혀 있었다. 창피한 이야기지만 눈물이 흘렀다.

몹시 무더웠던 여름날, 무슨 일이었는지는 잘 기억나지 않는다. 다리가 아팠고, 조금 설렜고, 약간 긴장하고 있었다. 다리가 아픈 이유는 병원에서 나온 뒤 알지 모를 근육통이 생겨 여름철 장맛비처럼 들이닥치곤 했기 때문이다. 특별한 병명도, 이유도 알지 못한 채 병원만 왔다갔다 했던 게 1년여다. '퇴원'이란, 사실 병원을 나왔다는 의미일 뿐인데 당시의 난 다 괜찮아진 줄만 알았다. 주사를 맞고도, 약을 먹고도, 낫지 않은 아픔이란 게 있다는 걸, 꼭 당해보고야 안다.

웬일로 저녁에 인천에서 약속이 하나 있던 날, 약국에 들러 파스를 사고, 카페 화장실에 들어가 양 무릎에 덕지덕지 붙였다. 별 도움이 되지 않는 걸 알면서도…. 고작 그런 정도의 애씀이 가능했다. 카푸치노 한 잔과 작은 케이크 한 조각. 저녁 무렵의 스타벅스. 누군가를 기다려본 게 정말 오랜만이라 느꼈다.

회사를 나오고 집에 돌아와 내게도 몇 번의 사람들이 오고 떠나갔다. 일을 거의 하지 않으면서 그렇게 엮였던 사람들은 자연스레 멀어졌고, 어떤 이는 '종종'보다 '자주' 보게 됐고, 또 어떤 이와는 SNS가 아니면 소식도 모를 사이가 되었다. 직업도, '아는 사람'으로 지내왔던 역사도, 서로가 필요할 때 찾고 찾았던 필요충족 식의 관계도 소거된 자리에, 오히려 사람과의 '관계'란 조금 선명해졌는지도 모른다. 별일을 하지 않아도 만남은 생겨나고, 아무 일이 없어도 관계는 틀어지고, 때로는 보지 않았던 시간이 재회의 반가움을 위해 기다려주기도 한다.

오래전 살던 동네에서 오래전 친구를 만나기로 한 날, 그들과 나 사이의 '공백'이 나는 좀 많이 초조했다. 지희는 조금 일찍 도착할 것 같다고 했고 현숙이는 늦을지 모른다고 그랬다. 현숙이는 카페 바로 맞은편에 사는데, 집 가까운 사람이 늦는다는 건 여태 변하지도 않은 모양이다. 그리고 그들도, 어쩌면 변하지 않았다.

얼마 전부터 자기 전 들춰보는 책이 있다. 아마존 카트를 비우다 눈에 띈 조금 긴 타이틀의 책인데, 아무런 망설임도 없이 주문 버튼을 눌러버렸다. 근래 일본어를 더 잘 해보겠다고 종종 억지로 원서를 사서 읽곤 하는데, 덴마크 심리학자 일자 샌드(Ilse Sand)가 쓴 《센서티브(Highly Sensitive Person, 일본어 제목은 '둔감한 세계를 살아가는 민감한 사람들'이다.)》는 내가 처음으로 읽어 본 일본어 활자의 학술서였다. 표지를 펼치고 첫 페이지엔 "당신은 '신경질적'이지도, '인내심이 모자라지도' 않습니다. 민감한다는 건, 사랑해야 할 '능력'입니다"라고 적혀 있었다.

창피한 이야기지만 눈물이 흘렀다. 일을 하며 알게 돼 페친으로만 지내다 퇴원 후 종종 보게 됐고, 지금은 왜인지 멀어진 지인이 상수동 카페에서 "재혁 씨가 힘든 건 너무 섬세해서에요"라고 해줬던 말이 조금 떠올랐는지 모른다. 너무나 섬세한 사람, 아는 사람만 알게 설명하면 나와 같은 사람을 HSP(Highly Sentive Person)라 부른다. 세계 인구 중 5분의 1, 20퍼센트에 해당한다고 책은 적었다. 난 꽤 오래 혼자 힘들었는데, 내가 가진 우울, 외로움은 세계가, 학계가 인정한 우울이었다. 그런 눈물이 흘렀다.

현숙과 지희, 우리 셋은 종종 별거 아닌 이유로 만난다. 일을 같이 하는 것도, 학교를 다니는 건 더욱더 아닌데 셋이 잊을만 하면 만나는 건 결국 아무런 필요도 없는 일이지만, 난 이제 그런 만남에서야 느껴지는 세월의 주름을 알 것 같다. 지희는 가장 먼저 결혼해 작은 애가 초등학교 입학을 앞두고 있고, 현숙은 연애는 가장 열심히 했던 것 같은데 조금 늦게 결혼해 아들이 이제 막 걸음마를 뗐다. 난 가장 버라이어티하게 살았던 것도 같지만 가장 소박한 하루를 오늘도 견디는 중이다. 병원에 들어가고 그렇게 멀어지고, 병원을 나오고 다가가지 못하고, 내겐 그 세월이 짙게 낀 안개 같기만 했는데, 어쩌면 그저 그 너머, 그들의 사정을 몰랐을 뿐인지도 모른다.

어느 날 현숙이가 보내온 카톡엔 며칠 전 수다를 떨다 헤어진 사람의 말 같은 메시지가 적혀 있었다. '재혁 혹시 인천이야?' 그간의 세월을 설명해야 할 이유도, 조금의 망설임의 필요도 느껴지지 않았다. 사실 우리 사이엔 아무 일도 없었다. 그리고 내게도, 어쩌면 아무 일은 벌어지지 않았다.

며칠 전 밤 잠시 휴식을 갖겠다고 선언한 일본의 장수 아이돌 아라시의 멤버 아이바 마사키의 라디오를 듣다, 혼자 피식 웃었다. 아이돌이라는 게, 그 팬덤이라는 게 밖에서 보면 온갖 유치한 것 가득이라, 그들을 뜨문뜨문만 알고 있는 내게 다섯 멤버를 색으로 비유하는 말들은 심히 우스웠다. "아이바 군은 초록이잖아요. 초록도 카키 계열이 있고, 파스텔 톤도 있고, 비비드한 초록 등 여러 가지인데, 어떤 초록이라 생각해요?" 나 원 참. 아이바는 TPO에 따라 달라진다고, 실은 누구나 대충 의식하는 사람의 다면성을 이야기했다.

그리고 내게도 지희와 현숙이와 있을 때면 발휘되는 초록이 있다. 말이 많아지고, 가끔은 버벅대고, 때로는 표정 관리도 되지 않은 채 웃어제끼고, 그렇게 HSP가 아니게 되고. 친구, 그 흔한 말은 내게 아이돌 팬덤처럼 좀 유치하다. 그 두 자 앞에서 난 가장 내가 아니고, 그들과의 시간에 스며들어 어느새 수다쟁이가 되어버리는 내가 있다.

코로나 이후, 오랜만에 극장에서 혼자 본 영화엔 여름 끝무렵 만나고 헤어지는 남녀 셋이 있었다.

지난해 내게 가장 빛이 났던 영화는 1984년생 감독 미야케 쇼가 연출한 《너의 새는 노래할 수 있어》다. 84년생 감독이 86년생 배우 에모토 타스쿠, 92년생 소메타니 쇼타 등과 함께 만든 여름 한철의 이야기고, 셋은 실제로도 절친한 사이라고 한다. 영화에도 그에 못지 않은 3인의 남녀가 등장한다. 꿈도 목표도 희망도 희미한 남자와 여자는 끊임없이 흔들리고, 넘어지고 자꾸만 무너진다. 하지만 영화가 바라보는 건 그런 현실이 아닌 그들만의 세계. 작은 점 세개로 그려지는 그들의 우주는 영원할 것만 같았다. 복잡한 현실 따윈 모두 소거해버린, 아찔하게 작열하다 끝나버리는 하나의 트라이앵글이 여름녘 그곳에 있었다. 현숙이와 지희를 알게 된 건 벌써 20여 년. 누구 하나 젊지는 않지만, 오래전 그려졌던 삼각형 우주가 어느새 가을 무렵을 넘고 있다. 논현동과 송도, 그리고 구월 3동 서로 다른 세 자리의 점이 되어서. 참고로 아라시 멤버 네 명의 시간은 30년을 넘는다.

한참 떠들다 보니 9시. 점원이 다가와 폐점 시간을 알려왔다. 주섬주섬 짐을 정리하며 교대로 화장실을 다녀왔다. 나를 내가 아니게 해주는 것들, 나를 나이게 해주는 것들. 그런 사람들과 그런 시간들. 그곳에 세월이 있고, 먹어버린 나이가 있고, 어쩌면 '우정', 그런 이름의 인연이 자란다. 지희의 차를 얻어타고 조수석 창밖을 내다보며 집에 도착해 달 밝은 밤 거리를 걸었다.

원스 어폰 어 타임 인… 멍멍

곰들이를 보내고 세상의 모든 개가 곰돌이로 보이기 시작했다. SNS나, 뉴스, 이런저런 방송이나 글에서도 강아지를 이야기하는 문장들은 새삼 나의 이야기인 것도 같아, 한참 넋을 놓고 있을 때도 있다. 솜털 같은 곰돌이와의 시간이 나를 기억하는 걸까.

대한민국 강아지는 너무 급속히 증가했다. 우리 집 아파트만 해도 같은 라인에 두살배기 말티즈가 살고, 몇 층 아래엔 나보다 체중이 더 나갈지 모를 골든리트리버 한 쌍이, 옆 라인엔 윤기나는 검은빛 닥스훈트가, 얼굴 빼면 체중이 절반으로 줄 것 같은 비숑 두 마리도 왔다갔다 한다. 길을 걸어도, 단골 카페에 들어가도 강아지가 보이는 일은 잦고, 요즘은 TV만 틀어도 어느 집, 어느 채널에서인가 강아지가 메롱 혀를 내밀고 웃는다.

　곰돌이가 우리 집에 왔을 때만 해도 잘 들리지 않던 개 짖는 소리가, 이제는 위아래, 좌우에서 멍멍이다. 왜인지 강아지와 만나 어쩌다 개와 함께 살고 있다. 곰돌이를 떠나보내고 1년여, 세상엔 자꾸만 강아지가 태어나기 시작했다.

아무것도 하지 않고 살던 시절, 요즘 간혹 하고 있는 일도 거의 없던 시절, 나의 하루는 '곰돌이와의 OO'로 흘러갔다. 아침에 일어나 곰돌이가 먹을 다섯 종이 넘는 약을 챙겨놓고, 물을 갈아주고, 화장실을 청소하고, 밥을 먹고 방에 들어와서는, 밖에 있는 곰돌이의 이런저런 소리를 들었다. 물을 마시는 홀짝홀짝, 밥을 다 먹고 걷기 시작하는 차박차박, 방 문 앞에 다가와 살짝 열린 틈새로 희미한 콧바람 소리가 들려왔고, 기척이 느껴져도 모른 척하고 있자면, 작은 발로 방문을 슬쩍 밀어버렸다. 삐그덕. 그리고 빼꼼히. 혼자 살던 시절엔 어디에도 없던 시간이, 포근한 솜털처럼 곰돌이와 나 사이에 살짝 내려앉았다.

때로는 귀찮았고, 가끔은 번거로웠고, 그래도 나 자꾸만 생각나 이름을 부르며 놀곤 했던 시절. 돌아보니 아침녘 그 짧은 시간이 17년을 넘는다. 그렇게 과거형. 지난 여름 곰돌이를 보내고, 그 빈자리는 영원히 내게 다가온 것만 같았다. 나는 상실을 알아버렸는지 모른다.

곰돌이가 떠나고, 우리 집엔 곰돌이의 자리가 아직 여러 곳에 남아있다. 내 방만 해도, 침대 머리맡에 혀를 내밀고 밝게 웃는 곰돌이 사진이 붙어 있고, 책상과 마주한 벽엔 오래전 폴라로이드로 찍어 빛이 바랜 발을 핥는 곰돌이가 보이고, 화장대 옆 서랍엔 마지막으로 곰돌이에게 선물했던 노란색 탱크톱 티셔츠가 담겨 있다. 엄마는 종종 버리거나, 보이지 않는 곳에 치우라고 말씀하시는데, 아직은 사진 속의, 곰돌이가 방 구석구석에 남긴 흔적이 별로 아프지 않다. 무언가 집중하고 있을 때면, 천천히 다가와 놀아달라는 듯 작은 고개를 들고 쳐다보던 곰돌이의 표정이랄지, 작은 문턱도 있는 힘껏 점프해 넘어오던 발랄한 활기랄지, 이불 속에서 잠들다 빠져 나오면 동그란 모양의 곰돌이 사이즈만한 자욱이 남곤 했는데, 그런 나와 곰돌이만 아는 늦은 아침의 기억 같은 건, 아직 웃으며 말할 수 있다.

죽음은 묵직한 상실이라 하지만 어느새 모습을 감추고, 곰돌이가 없는 하루는 별일도 없이 또 한 번 시작된다. 애잔하지만 애달프지 않고, 애틋하지만 애처롭지 않은. 상실은 어쩌면 그런 맛이 났다.

곰돌이가 있어 만들어지던 시간이 있었다. 5분 더 잤을 잠을 보채는 몸짓에 어쩔 수 없이 일어났고, 저녁 약을 챙겨줄 시간이라 어찌할 수 없이 일찍 귀가했다. 세상만사 다 귀찮은 날에도 날씨가 너무 좋으면 곰돌이에게 미안하기도 했다. 강아지는 간식보다 산책을 더 좋아한다는 걸 안 것은 하필 (곰돌이를) 보내고 난 다음이라, 되돌리지 못할 미안함이 쌓여만 갔다. 곰돌이를 보내고 1년이 다 되어가던 어느 밤, 가족 밴드에서 알람이 하나 떴다. 가족 밴드라 해도 대부분 곰돌이 사진 투성이고, 그래서 잘 열어보지 않은 것도 1년쯤이지만, 늦은 밤 메시지 알람 소리에 잠에서 깼다.

'1년 전 이즈음에는…'.

나는 눈물을 흘렸다. 방에도 곰돌이는 수두룩이고, 잘 때면 머리맡 곰돌이에게 인사를 하기도 하는데, 눈물이 났다. '더 보기'를 누르며 1년 전, 3년 전, 7년 전을 바라보고, 울고 눈물을 닦고, 다시 울고… 온통 미안한 사진뿐이었다. 세상이 잠시 이곳에 등을 돌린 늦은 밤, 나는 고작 그런 후회를 할 수 있었다.

강아지가 보이는 자리에 걸음이 멈춘다. 엘리베이터를 어쩌다 같이 타게 된 12층 말티즈를 보면 나도 모르게 웃고 있고, 창밖에 잠시 스쳐간 하얀 털뭉치의 작은 짐승을 보면 눈으로 뒷모습을 좇는다. 곰들이를 보내고 세상의 모든 개가 곰돌이로 보이기 시작했다.

SNS나, 뉴스, 이런저런 방송이나 글에서도 강아지를 이야기하는 문장들은 새삼 나의 이야기인 것도 같아, 한참 넋을 놓고 있을 때도 있다. 솜털 같은 곰돌이와의 시간이 나를 기억하는 걸까. 넷플릭스에서 '개'를 검색하면 가장 상단에 뜨는 《개와 함께》란 제목의 다큐멘터리는, 제목만 봐도 마음이 울컥인다.

이 다큐는 말 그대로 여러 출연자가 개와 함께 보내온 일상을 좇는 포맷이다. 나의 반쪽, 나의 곁, 결국 빈자리가 되어버리는 세월의 이야기가 하염없이 슬프고도 아름답다. 이탈리아 작은 해안 도시에서 어부와 함께 살며 낚시도 돕는 아이스. 그 개는 종종 창밖을 멍하니 바라본다. 날씨를 체크하기 위해서일까. 우리 곰돌이는 늦은 오후 내 품에 안겨 13층에서의 하늘을 바라보곤 했는데, 강아지는 무슨 생각을 하는 걸까. 이곳에 답은 보이지 않고, '개와 함께', 나는 이 문장의 다음을 아직도 무어라 적어야 할지 모르겠다.

'1년 전 이즈음에는…', 과거를 얘기하는 이 문장은 분명 내일을 향해 있다. 나는 미안하다 말하지만 아침이면 또 한 번의 이기적인 아침을 시작한다. 곰돌이는 떠나갔고, 난 어찌하지 못하는 시간에 떨어졌고, 그렇게 곰돌이와 나 사이에, '원스 어폰 어 타임 인…' 이 문장으로 시작하는 계절이 찾아왔다. 세상에 말줄임표가 있는 건,

아마 눈물이 나와 미처 쓰지 못한 글자를 위함이 아닐까. 곰돌이가 떠나고, 그 아이의 빈자리가 나에게 다가왔다. 눈물에 젖은 말줄임 표와 함께, 살포시 내 곁에 다가왔다. R.I.P

가족이라는 질량 보존의 법칙

어릴 땐 티격티격, 띠동갑 차이 나는 누나에게도 바락바락 소리를 지르며 대들기도 했지만, 시간이 흘러 서른 후반의 남자에겐 누나가 아닌, 내게 다가와준 다섯 명의 사람이 보인다.

딸 다섯 아들 하나, 8개의 밥숟가락이 놓인 대가족에서 태어나 지금 우리 집엔 엄마와 나, 그리고 막내 누나, 이렇게 단 셋이 산다. 어릴 땐 내 방 하나 갖지 못해 부대끼며 살았지만, 지금은 50평 남짓한 아파트가 휑하게 느껴지는 날도 더러 있다. 내 나이 또래면 알 만한 오래전 드라마《아들과 딸》을 그대로 가져온 듯한 가족 구성이란 참 흔하지가 않아, 지금 이 글은 일종의 커밍아웃이기도 하다. 누군가 형제 관계를 물어오면 심장은 왜 그렇게 뛰던지. 콩알만큼 오그라든 가슴을 안고 살아온 게 30년이다. 아들 하나 낳겠다고 딸딸딸, 그렇게 들러붙는 구시대의 서사가 싫었다.

"재혁 씨는 형제가 어떻게 되요?", 어쩔 땐 가장 친한 막내 누나 이야기를 했고, 또 어쩔 땐 돌연 천안으로 내려간 셋째 누나를 꺼내 놓았다. 이런 나의 얄팍한 임기응변 때문이었을까. 지금 누나들은 제각각 딴 집을 꾸렸다. 그냥 당연한 이야기인가? 조금 헐거워진 아파트에서 우리 식구는 이제 세 개의 밥숟가락만 올린다.

형제가 많다는 걸 늘 숨기고 싶어 했던 내게, 다섯 명의 누나라는 존재는 이기적이게도 신용 100퍼센트 보험처럼 작용했다. 회사가 멀다는 이유로 집을 떠나 서울에 살면서 난 장남이란 무게, 위치, 역할에서 아마 가장 자연스레 도망칠 수 있었다. 엄마의 생신도, 아빠의 기일도, 명절날 필요한 온갖 준비들도, 둘째 누나가, 막내 누나가, 셋째 누나가 주도해 담당했다. 가족 통장을 만들어 엄마의 병원비를 대비하고, 여비를 남겨두어 매년 한두 차례 가족 여행도 떠나고, 드라이브를 좋아하는 셋째 누나는 집에서 답답해할 엄마를 위해 누구보다 발빠르게 페달을 밟고 핸들을 돌렸다.

작은 원룸에서 뒤늦게 일어나 '집에 갈까 말까'나 망설이고 있던 나는 미안하고 죄송스러웠지만, 한편으론 안심하고 있었다. 그런 미안함은 왜 그리 쉽게 용서되는지, 한심한 세월이 10년을 넘어간다. 잘 키운 딸 열 아들 안 부럽다고 하는데, 우리 집엔 그런 딸이 다섯이나 된다.

역으로 이야기하면, 주제 넘게 말하면, 딸 부잣집에서 아들의 자리는 어디일까. 딸이 다섯이나 되는 집에서 아들의 역할은 무엇일까. 이런 이야기를 하면 다들 '오냐오냐했겠어요', '누나들 이쁨 많이 받았겠다'라고 하지만, 그런 건 TV 속 연예인을 얘기하는 것만큼 대부분 허황되고 별 의미가 없다.

어릴 땐 명절 아침 부침개를 만든다고 거실에 신문지를 넓게 펴놓으면, 이쑤시개에 햄이나 소시지를 꽂거나, 기름이 떨어졌다는 엄마 말에 손에 묻은 밀가루를 털고 슈퍼에 다녀오곤 했는데, 어느새 어른이 되어버린 지금, 나만 업데이트되지 않은 듯한 기분에 앉은 자리가 좁기만 하다. 가장 자연스레 장남의 자리에서 도망을 쳤다고 생각한 날, 나의 자리는 아마 그만큼 이동했다. 어쩌면 희미해졌고, 아니면 하락했다.

세상에 영원한 딸부자집 귀한 아들은 어디에도 없고, 5년만에 다시 집에 돌아와 뒤늦게 방치됐던 나의 자리를 바라보느라 매일이 힘겹다. 무책임과 미안함과 어찌할 수 없음과 되돌릴 수 없는, 어김없이 붙어있는 나라는 존재의 낯선 자리. 누나들 곁에서 알아차리는 나의 위치. 서른을 훌쩍 지나, 그 시간은 가족 한 켠에서 흘러가고 있었다.

우리 집 곰돌이는 여섯 형제 중 둘째 남자아이였다고 했다. 지금은 무지개다리를 건너 이곳에 없지만, 종종 TV에서 같은 종 강아지 3마리 이상을 기르는 집들을 보면 나는 어떻게 구분을 할까 진지하게 생각할 때도 있다. 아마도 세월이 함께하는 시간의 보이지 않는 차이를 알게 해주는 것이겠지만, 나와 다섯 명의 누나 사이에도 그와 비스한 시절이 흘렀다. 어릴 땐 티격티격, 띠동갑 차이 나는 누나에게도 바락바락 소리를 지르며 대들기도 했지만, 시간이 흘러 서른 후반의 남자에겐 누나가 아닌, 내게 다가와준 다섯 명의 사람이 보인다.

책을 좋아하는 둘째 누나, 꼼꼼하기 그지없어 알뜰하기까지 한 막내 누나, 캠핑을 즐기는 셋째 누나… 이건 고레에다 히로카즈가 영화 《바닷마을 다이어리》에서 첫째를 듬직하게, 둘째를 말괄냥이로, 막내를 장난기 많은 캐릭터로 그린 것과 마찬가지의 이야기기도 하지만, 해변에 적어가는 일기처럼 보다 세월을 닮은 그림에 더 가깝다. 내가 어른이 된 순간, 그들도 어른이 되어 있었다.

곰돌이가 곁에 있을 땐 주말마다 누나가 왔다. 산책은 물론 손발톱, 목욕, 각종 영양제와 약들을 챙겨준 건 모두 둘째 누나라, 토요일 저녁 무렵이면 길 하나 건너 아파트의 둘째 누나가 하루치 준비물을 들고 집으로 왔다. 사람이 많으면 강아지는 누가 주인인지 다소 혼란을 겪을 것도 같은데, 곰돌이는 엄마 〉 둘째 누나, 그리고 나와 나머지 누나들의 순으로 꼬리를 흔들어댔다. 아파트 한 바퀴를 돌고 발을 닦아주고, 그런 밤이면 엄마 곁에 잠들던 곰돌이는 둘째 누나 발밑에 눕는다. 가족은 어느 순간 각자의 '집'을 찾아 떠나가지만, 가족이라는 집은 비어버린 자리를 채우지 않는다.

엄마는 자연스레 건너방에 이불을 펴고, 누나는 엄마 침대에 올라 하룻밤 그 방의 주인이 된다. 나는 10년이나 집을 비우고도 찜이라도 해놨다는 듯 다시 내 방에 돌아와 눕는데, 가족이란 언제든 자리를 내어주는 집의 이름일지도 모르겠다. 천안에서, 인천의 이곳과 저곳에서 누나들이 모두 모일 때면 곰돌이는 여기저기 반기느라 정신이 없고, 방 네 개, 거실 하나 우리 집은 아무렇지 않게, 어떻게든 그만큼의 이불을 펴낸다. 내 방 하나 없다고 투덜대던 그날부터 터줏대감처럼 10년째 방 한 칸을 지키고 있는 지금까지, 우리 집의 질량은 변하지 않았다.

혼자 살던 10여 년 세월이 내게 가르쳐준 것이 있다면, 멀어진 거리만큼 내가 아닌 타인의 자리에서 바라보는 시간이다. 가족의 품을 벗어나 그곳을 바라보는 시선은, 좀 쑥스러운 말이지만 조금은 철이 들었는지 모른다. 엄마가 아닌 일흔 초입의 여성과 누나가 아닌 30대, 40대, 그리고 50을 바라보는 여자들. 그런 거리에서 보이는 가족. 그런 가족에서 보이는 내가 있다. 어른이 되어 도착한 집에서 그들은 때로 낯설고, 그래도 익숙하고, 나는 어쩌면 이제야 그들을 알아가기 시작했는지도 모르겠다. 딸부잣집 장남이란 타이틀도, 장손이란 메리트도 자리를 감춘 그곳에, 우리 집 여덟 식구는 여전히 나를 애쓰게 한다. 가족은 아마 나를 가장 잘 알고 있는 타인이다.

유튜브란 '밤'에 불을 지피고 시작하는 아침들

라디오에 기대던 날들이 어떻게 유튜브로 이어졌는지는 나조차 알지 못하지만, 멀리서 들려오는 말들은 시간을 잊게 했다. 내가 아닌 누군가의 이야기로 시간을 이겼고, 가끔 내가 아닌 나를 떠올리기도 했다.

유튜브로 인생이 달라지진 않았지만, 유튜브로 일상이 달라진 사람이 있다면 바로 내가 그 1인이다. 처음 그 세 글자를 들은 것은 《씨네21》에 다니던 시절 옆에 앉은 선배가 특집을 해야 한다며 호들갑을 떨었을 때인데, 정확히 10년이 지나 매일 밤 난 그 세 글자에 잠을 잃는다. 어느 미디어나 마찬가지겠지만, 유튜브도, 트위터도, 페이스북도 처음은 모두 껍데기일 뿐, 그 안에서 나를 보았을 때 의미가 생겨난다. 나를 집어삼킨 무엇이거나, 떼어놓을 수 없는 제3의 팔이거나, 나도 모르게 머리를 긁고 귀를 만지는 습관 같은, 그런 게 어느새 되어버린다.

함께 일을 했던 한 선배는 사업을 시작하고 유튜브로 온갖 경영인들의 비지니스 명언을 섭렵하고 있는 듯싶었는데, 휴대폰을 아이폰6로 바꾼 날부터 난 도쿄 시골에 사는 미용사의 셀프 스타일링 영상을 보기 시작했다. 내게 없던 창이 열리고, 그 안에서 시작하는 세월이 그곳에 있었다.

넷플릭스에서, 유튜브에서 사람이 느껴진다는 문장을, 난 이 책에서 최소 두 번 이상을 적은 것 같은데, 그건 사실 나에 대한 모놀로그적 문장이기도 하다. 병원에서 나와 몇 달을 침대에 누워만 지내던 시절, 엄마는 머리맡에 라디오 데크를 놓아주셨다. 밥을 먹고 화장실에 가고 약간의 '왔다 갔다'를 제외하면 침대에 붙어 살면서 평소 듣지 않던 파워FM을 들었다. KBS의 라디오 앱 콩을 깔고 WORLD KBS의 일본어 방송을 들었다. 라디오에 기대던 날들이 어떻게 유튜브로 이어졌는지는 나조차 알지 못하지만, 멀리서 들려오는 말들은 시간을 잊게 했다. 내가 아닌 누군가의 이야기로 시간을 이겼고, 가끔 내가 아닌 나를 떠올리기도 했다.

일본의 배우 스다 마사키가 진행하는 라디오 '올 나이트 니폰'은 유튜브에 (불법으로) 올라오기도 하는데, 어쩌면 그 방송이 둘 사이의 다리가 되었을까. 그는 첫 팬미팅 자리에서 후지패브릭의 '꼭두서니

빛 저녁놀(茜色の夕日)'을 울먹이며 불렀다. 무슨 우연인지 내 이야기로 들렸다. "도쿄의 밤 하늘은 별도 보이지 않는다고 하지만, 나는 보이지 않는 것조차 없어" 이곳이 아닌 그곳의 일상이 밤하늘의 별인 것만 같았다.

트위터를 켜고 지저귀는 140자가 조금은 내가 아닌 듯한 나의 140자라면, 유튜브엔 가장 먼 근거리, 바다 건너 일상, 착각과 망상이 불러내는 추억과 기억 같은 묘한 이질감의 세계가 있다. 아마도 연예인, 유명인이 아닌 나와 같은 보통 사람들의 일상을 보기 때문이겠지만, 어차피 그들은 내가 아니고, 그런 어중간한 픽션 속에 난 종종 그곳을 동경할 때가 있다. 쉽게 말해 갖지 못한 것들에 대한 집착들. 단순히 이야기하면 일본에 가지 못하는 시절 이케마츠 소스케 신작 영화의 소식을 마주하거나, 내가 일본에서 살았던 건 10년도 더 지난 이야기인데 '워킹 홀리데이'로 갔다 6년째 도쿄 생활을 하고 있는 어느 유튜버의 '오늘'에 심통이 나거나, 지난 여름 재오픈한 시부야의 쇼핑몰 파르코 이야기는 삐지기라도 한 듯 클릭도 하지 않았다.

나를 구성하는 이런 가상 세계로서의 유튜브는 좀 성가시다. 앞에 있는 것 같은데, 손을 뻗으면 닿을 것도 같은데, 지금도 침대에 누워 휴대폰만 켜면 되는데, 어김없이 이곳에 자리하지 않는 모든 것들. 여기가 바로 그곳인데, 그곳은 여기가 아니라는 사실. 하루 빨리 내 밤에서 유튜브를 내쫓아 버려야 할 것도 같지만, 그곳은 분명 나의 방이기도 하다. 나의 내일이 시작하는 자리이다.

몇 년 전 해체를 선언해 TV를 들썩이게 했던 일본의 (전) 국민 아이돌 스마프의 쿠사나기 츠요시는 유튜브 4년차다. 그와 다른 멤버들 사이의 스토리, 해체를 둘러싼 소문은 꽤나 복잡해 여기서 풀기엔 많이 부족하고, 그가 올린 영상엔 30년차 연예인이 아닌 다섯 살 불독과 함께 사는 50을 바라보는 중년 남자의 일상이 올라온다. 오래전 그가 한국을 오가며 놀림을 감수하고 '초난강'으로 활동하던 시절, 난 그의 4페이지짜리 기획 기사를 쓴 적이 있고, 그 정 때문이었을까. 오랫동안 그의 '쿠루(강아지 이름) 채널'을 애청했다. 한국통이란 이점을 살려 비빔밥을 만들거나, 빈티지 데님 마니아라 소문난 대로 수백 만원을 호가하는 청바지를 늘어놓고 자랑을 하거나⋯ 언젠가부터는 중간 광고가 치고 들어오기 시작했는데, '스마프도 광고를 넣네'라고 중얼거리며 어디에도 없는 친근감을 느꼈다. 푸하하. 그런 생활인 초난강에 웃다 배가 뒤집어질 뻔 하기도 했지만.

검색창에 직접 단어를 써넣고 찾아낸 영상이어서인지, 호시탐탐 내 기호를 탐지하는 유튜브 알고리즘의 높은 정확도 때문인지, 막상 만나면 말 한 마디 하지 못할 게 뻔한데 새벽을 넘어선 밤, 꽤 친한 사이가 된 것 같은 착각이 엄습한다. 알고 지내는 선배는 유튜브의 가장 큰 특징은 '1인칭 미디어'라 하기도 했는데, 정말 그런 연유인지 모르겠다. 각자 하나의 스크린을 앞에 두고, 그만큼 솔직해진 너와 나는 절친 못지 않은 사이가 되어있기도 한다. 많은 걸 알고 있지만 실은 아무것도 알지 못하는 사이. 모르기 때문에 친해지는 관계, 그런 얄궂은 거리감이 유튜브엔 있다.

나는 유튜브로 내가 없는 그곳의 소식을 염탐하고, 좋아하는 뮤지션의 지난 공연을 뒤늦게 보기도 하고, 치와와와 닥스훈트 자매를 기르는 젊은 부부의 일상을 훔쳐보기도 한다. 그렇게 나를 모르는 무수한 타인의 흔적을 이곳에 남겨놓는다. 분명 그저 좋아요 몇 번일지도 모르지만.

몇 년 전 일본의 진(ZINE)을 취재하면서 키쿠치 유미코란 20대 여자는 최근의 가장 큰 테마로 "너로 인해 달라지는 나, 나로 인해 변화하는 너"라고 이야기했다. 그 말의 첫인상은 묘연하기만 했는데, 너로 인해 달라지는 나의 오늘이 있다. 나로 인해 변해가는 너의 오늘이 아마도 있다. 영상을 연속해 클릭하다 밤을 새우는 새벽만이 유튜브의 아침은 아니다. 난 그 아침의 여운을 기억하고, 유튜브는 자꾸만 나의 이야기를 한다.

엄마의 가계부

코로나19가 터지고 모임이 자제되고 노래 교실이 문을 닫은 뒤,《미스
터 트롯》을 틀어놓고 계신 엄마를 보며, 난 엄마의 노래가 듣고 싶어졌
다. 엄마의 일상이 왜 하필 이제서야 보이기 시작했을까. 나의 엄마가
아닌 엄마 자신의 계절이 보고 싶었다.

세상의 어떤 계절은 많은 세월을 필요로 한다. 4계절 뚜렷한 대한민
국이라 으쓱하며 배워온 탓에 시간은 봄과 여름, 그리고 가을과 겨
울로 흐르는 줄 알았지만, 나이를 먹어가며 계절은 사실 그렇지 않
음을 쓰라리게 깨닫는다. 잘못 자른 빵의 못생긴 단면처럼, 보다 복
잡하고 오묘하고 아리송해 뒤숭숭한 뒷모습을, 계절은 갖고 있다.
　지난해 영화《사랑이 뭘까》를 만들었던 이마이즈미 리키야는 트
위터에 "다른 계절에 추억이 없는 것도 아닌데 여름만 유별나게 마
음이 쓰린다"고도 적었는데, 언제나 끝나고야 알아차리는 여름이
가장 좋은 예인지도 모르겠다. 계절은 시간이란 말보다 이야기를 떠

올리게 한다. 나날이란 말처럼 물리적이지 않고, 누군가의 이름을 더해 보았을 때, 나는 종종 내가 모르던 그 사람의 깊은 품을 들여다보는 기분이 든다. 여느 때보다 집에서 오래 머물던 시절, 난 엄마의 계절, 그 문턱에 도착한 것 같은 느낌을 받았다. '바다보다 깊고, 하늘보다 아득한.' 태풍이 지나간 날, 엄마의 계절을 생각했다.

엄마의 일상을 알게 된 건 퇴원을 하고 집에서의 요양 생활, 그 2년째부터였다. 그전에야 몸을 추스르느라, 그런 이유로 사람 구실도 못한 채 살아 정신을 차리지 못했고, 조금의 평온을 찾은 이후부턴, 매주 이틀 노래 교실에 나가시는 엄마를 대신해 곰돌이와 함께 텅 빈 집을 지켰다. 지금은 없어진 신세계백화점의 문화교실, 주부 교실계에선 유명하다는 가수의 이름을 단 노래 교실에 엄마는 모범생처럼 출석하셨다.

10시 즈음 집을 나가셔서 돌아오시는 건 저녁이 되기 직전. 점심 전 친구와 만나 밥을 먹고 커피를 마시고 노래를 열심히 부른 뒤 수다를 떨고 귀가하시는 모양이었다. 하지만 코로나19가 터지고 모임이 자제되고 노래 교실이 문을 닫은 뒤, 《미스터 트롯》을 틀어놓고 계신 엄마를 보며, 난 엄마의 노래가 듣고 싶어졌다. 엄마의 일상이 왜 하필 이제서야 보이기 시작했을까. 나의 엄마가 아닌 엄마 자신의 계절이 보고 싶었다.

《미스터 트롯》은 내게 히트작 모방에, 편집이라기보다 과장을
하고, 같은 장면을 몇 번이나 돌려야 직성이 풀리는 관종 프로그램
이나 다름없었다. 트로트의 재발견이라는 좀처럼 딴지 걸기 힘든
'대의'에 기대 모든 걸 용서받은 듯한, 조금 한심한 방송이었다. 오
버 리액션, 오버 연출, 오버 리피트. 하지만 결과적으로 난 이 프로그
램을 적어도 십수 번을 보았다. 영탁과 찬원과 영웅을 구별할 줄 알
게 되었고, 친구라도 된 듯 성을 빼고 그들을 불렀다. 엄마가 응원하
신 영탁의 새 CF가 나오기라도 하면 급한 맘으로 엄마를 찾았다.

그렇다고 플레이스트에 이들의 노래를 넣어놓지는 않았지만, 1
위가 탄생하던 날, 1억의 주인공이 밝혀지던 날, 우리 집의 긴장감
은 상당했다. 생전 처음으로 오디션 프로그램에 투표를 했고, 영웅
이 좋았지만 영탁을 찍었다. 새벽 넘게 볼륨을 키운 트로트가 집안
을 울렸다. 어쩌면 내 인생 가장 의외의 장면. 하지만 특별했던 순간.
엄마는 웃으셨다. 영탁은 진이 아닌 선이었지만 웃으셨다. 우린 가
장 늦게 함께 잠들었고, 그 자리에 나의 취향은 별로 필요가 없었다.
난 그저 엄마의 계절에 있고 싶었다.

자식은 9를 받고도 10을 달라 조르고, 엄마는 9를 주고도 1을 더 주지 못해 미안해한다고, 누군가가 말했다. 이 역시 누구의 말인지는 기억나지 않지만, 어떤 록그룹 멤버는 어릴 적 엄마한테 했던 거짓말을 이야기하며 "아마 다 아셨을 거예요. 본인 몸으로 낳은 아인데 모를 리가 없죠. 하하하"라고 웃었다. 엄마란, 어쩌면 하나의 세계다. 너무나 가까운 존재라, 일상이라 알아차리지 못하지만, 나를 낳아준 누군가라는 건 좀 초현실적이기도 하다. 그런 어마어마한 이력을 가진 사람이 나와 같은 유형일리가 없다.

　　엄마는 손재주가 좋으셨다. 초딩 시절 만들기 과제는 90% 이상 엄마의 솜씨였고, 그덕에 난 상도 타고, 친구들의 부러움도 샀다. 엄마에게 돌아간 건 아무것도 없었다. 내가 취업에 실패해 돌아왔을 때 눈물을 닦아준 것도 엄마였고, 몸도 마음도 무너진 나를 감싸 안아준 것도 엄마였다. 엄마는 항상 왜, 늘, 내게 무언갈 주는 사람이었다.

　　병실에서의 무수한 날들, 엄마는 늘 침대 옆 작은 소파에서 기도를 하셨다. 책을 보셨고, 오목을 두셨다. 그럴 때면 엄마는 종종 오래전 이야기를 꺼내곤 하셨는데 "엄마도 글을 쓰고 싶었는데…"라는 말이 가끔 생각난다. "예전엔 가계부 한 쪽에 일기를 썼어. 이사하면서 다 버려버렸지" 그렇게 엄마의 계절은 가계부에 쓰여지는 걸까. 가계부는 사실 숫자에 가려진 엄마의 깊고도 먼 시간의 한 권인 걸까. 10이나 받고도 부족하기만 한 나는 엄마의 계절이 보고 싶다. 그렇게 하나가 더 갖고 싶다. 엄마와 함께 있지만 엄마가 그립다. 태풍이 지나간 날 그런 생각을 했다.

* 고레에다 히로카즈의 《태풍이 지나가고》를 다시 보고, 엄마를 생각하며 썼습니다.

끝나지 않는 엔드롤, 개와 함께

2018년 《바자》 03월호 칼럼

세상엔 어쩌면 개의 시간이란 게 있는지 모르겠다. 회사를 나오고 1년 반, 일상을 구성하는 많은 게 달라졌다. 출퇴근이 사라진 시간은 거의 새하얀 도화지와 같아 꽤 오랜 시간을 공허하게 지냈다. 책을 읽고, 영화를 보고, 빵을 배우고, 종종 일을 하긴 했지만 어딘가 구멍이 뚫린 느낌을 지울 수 없었다. 아마도 10여 년 샐러리맨의 후유증이었겠지만 꽤나 힘들었던 시간을 기억한다.

올해로 열여섯이 된 강아지 곰돌이의 시간이 보다 선명하게 느껴진 건 아마 이 공백의 여운 덕택이다. 빈 자리가 생기고 나서야 비로서 바쁜 일상에 보이지 않았던 개의 시간이 보이기 시작했다. 이기적이게도 그랬다. 새벽 잠을 잃어 여섯 시쯤 일어난 날, 곰돌이의 약을 준비한다. 아침에만 먹는 약이 다섯 종류인데 약의 정식 명칭과 상관 없이 우리만의 이름이 붙어있다. 뭉치기, 샌드위치, 초콜릿(개의 금기임에도), 통통이 등. 각각 신장, 간, 눈, 피부, 심장 등에 좋은 약이다. 이 모든 걸 다 준비하려면 최소 5분은 소요된다.

　곰돌이는 편식이 좀 심한 편이다. 어릴 땐 통통이를 무엇보다 좋아했는데 나이가 들면서 통통이를 먹이려면 많은 수고가 필요하다. 반면 쿰쿰한 냄새가 나는 껌은 냉장고 문만 열어도 혀를 내밀고 입맛을 다시곤 한다. 식욕은 줄고, 잠은 늘고, 편식은 심해지고. 받아들이고 싶지 않지만 아마도 나이 탓일 것이다. 두 세 그릇을 뚝딱하던 날들은 이미 오래전이 되었고, 한 그릇을 먹이기 위해서도 간식을, 껌을 잘게 썰어 넣어주지 않으면 안 된다. 개도 입맛이 변하고, 개도 습관이 변하며, 개도 나이를 먹는다. 평생 강아지일 줄 알았지만 곰돌이는 어느새 열여섯 개가 되었다. 개의 시간은 어찌할 수 없는 애절함으로 흐른다.

　곰돌이가 오지 않았다. 아침이면 늦어도 여섯 시쯤 방문을 두드려 침대에 올려달라 조르던 곰돌이가 오지 않았다. 깼다가 팔베개를 해주며 다시 한번 잠에 드는 시간을 무척이나 좋아하는데 요즘 그런 기회가 좀처럼 찾아오지 않는다. 잠이 많아진 곰돌이는 깨우지 않으면 일어날 줄 모르고 설령 다가와 곁에 눕더라도 팔 밑이 아닌 다리 언저리에서 혼자 외롭게 다시 자곤 한다. 이미 곰돌이는 강아지가 아님을 쓰디쓰게 알아차리는 순간이다. 곰돌이와의 시간이 소중하다. 이기적이게도 이제야, 16년이나 지나서야 새삼 깨닫는다. 애교라고 생각했던 얄밉게 내민 혀는 이제 노화의 증상이 되었고, 냄새가 나봤자 구수한 숭늉 냄새였던 것이 이제는 역시 노화의 증상일 것 같은 냄새가 난다. 잘 먹지 않아 구토하는 날이 종종 있고, 잘만 뛰어 오르던 소파와 침대도 이제는 계단 없이 힘들어졌다. 심지어 치매에 걸려 약 없이는 밤잠을 설치는 날도 있다.

잠을 이루지 못해 거실과 방을 서성이는 곰돌이를 보고 있으면 지나간 시간이 애달프기만 하다. 하지만 곰돌이는 아직 활기차다. 누군가 초인종만 눌러도 집을 지키려 힘차게 짖어대고, 껌이나 간식, 그리고 산책이란 말을 들으면 꼬리를 흔들며 활짝 웃는다. 엄마와 둘째 누나(가 곰돌이의 거의 모든 것을 사대고 있다)를 유독 좋아해 엄마와 누나가 외출하면 꽁지(곰돌이의 꼬리)를 내린 채 현관만 바라보고, 엄마와 누나가 집에 돌아오면 발랄하게 반긴다. 꽁지는 언제 그랬는지 어느새 올라가있다. 이 모든 게 애절하고 감사하게 느껴지는 요즘이다.

얼마 전 곰돌이의 집을 빨았다. 핑크색의 뽀글뽀글한 털로 만들어져 뽀글이라 불리는 집이다. 새 집을 주문했지만 도착하지 않은 상태였고, 물에 젖은 뽀글이는 아직 마르지 않았다. 곰돌이는 하루 반나절을 집 없이 살았다. 그런데 집이 다 말랐는데도 집에 들어가지 않았다. 자신의 냄새가 사라져서, 없어져서, 그러니까 자기 집 같지 않아서 그랬을까. 집이 소파 아래 있어 디딤돌로 밟고 올라가던 걸 무리하게 오르려다 다칠 뻔도 했고, 곰돌이의 체취가 묻은 담요를 집에 넣어주어도 피하기에 바빴다. 우리는 흔히 강아지를 맞이하며 '어느 날 강아지가 우리에게 다가왔다'고 말한다. 하지만 그건 '어느 날 우리가 강아지에게 다가갔다'는 말이기도 하다. 곰돌이의 시간을 무시했음에 뜨끔했다. 뽀글이를 세탁기에 집어넣었던 누나는 머쓱해했다. 다음 날 곰돌이의 회색 뽀글이가 도착했고 곰돌이는 조금의 적응 시간을 거쳐 뽀글이에 안착했다. 우린 모두 곰돌이에게 '미안하다'고 수차례 말했다.

개와 함께 산다는 건 개의 시간을, 리듬을, 방식을 존중하는 것일 것이다. 16년의 시간을 세탁기에 돌려버렸던 실수를 반성하며 곰돌이와의 시간을 생각한다. 마냥 강아지일 줄 알았던 시절의 놓치고, 간과하고, 그저 흘려버렸던 순간들을 애써 되새기려 노력한다. 어쩌면 지금 느낀 곰돌이의 감촉이 마지막일지 모른다는 애절함으로, 어쩌면 코미디언을 능가하는 지금 곰돌이의 개그가 마지막일지 모른다는 애달픔으로 곰돌이와의 시간을 이어간다. 이제서야 곰돌이의 시간을 살아간다.

개로 기억되는 시간이 있다. 순간과 순간으로 흐르는 이 시간은 장면과 장면으로 이어진다. 강아지 곰돌이와 살 때 장면은 머무르지 않았다. 그저 다음과 다음으로, 장면과 장면으로 흘러가기 바빴다. 하루가 다르게 새로운 애교를 선보였고, 웃음은 넘치고 넘쳤으니 그럴 만도 했다. 하지만 곰돌이가 열여섯이 된 지금, 그러니까 개가 된 곰돌이와 살고있는 지금, 장면은 진득하게 머물러 여운을 남긴다. 그러기 위해 애쓰고, 다짐하고, 노력한다. 곰돌이와의 순간을 기억하려, 그 장면을 간직한다.

엄마가 어디 앉기라도 하면 어느새 다가와 무릎 위에 둥지를 틀고 앉는 곰돌이, 절대 바닥에 앉지 않고 방석, 혹은 따뜻하고 포근한 곳을 찾아 앉으며, 치매가 걸려 산책을 나가도 같은 자리를 맴도는 곰돌이. 남자 아이임에도 여자가 많은 집에서 자란 탓인지 원피스 모양의 수세미를 보고 좋아서 흥분하고, 세탁물에 자신의 옷이 있으면 어느새 뛰어와 코를 킁킁거리며, 자기 집 놔두고 항상 엄마 침대에서 엄마 베개를 독차지하는 곰돌이. 더불어 둘째 누나가 집에 오면 삼종 세트(귀 청소, 세수, 양치)를 할까봐 도망가고, 자신의 물건이

들어있는 서랍을 열기라도 하면 다가와 안을 들여다보는 곰돌이, 나를 닮아 빵을 좋아하지만 간 수치가 올라간다는 이유로 몰래 주는 빵을 받아 먹고, 가장 좋아하는 껌을 주면 너무나 흥분한 나머지 어디서 먹을지 고민하며 여기저기를 돌아다니는 곰돌이. 렌지 작동하는 소리만 들려도 자기 간식 주는 줄 알고 좇아와서 똘망똘망 눈방울을 굴리고, 고작 문지방임에도 점프를 하며 뛰어 달려와 내 동영상에 담긴 곰돌이. 엄마가 '베란다에 고구마 좀 가져와라'를 '베란다에 곰돌이 좀 가져와라'라고 말하면서 고구마란 애칭을 얻은 곰돌이. 어쩌면 마지막이 될지 모를 이 순간들을 간직한다. 개의 시간이 지나간, 개의 발자국이 남은 지금은 아마 여기가 아닌 어딘가의 흔적일테니까.

개와 고양이는 사람과 다른 시간을 산다고 한다. 사람보다 여덟 배 빠른 시간을 산다는 말을 어딘가에서 들은 기억이 있다. 그러니 애초에 개와 사람은 서로에게 애절한 존재다. 이별이 전제된 시간, 헤어짐이 예고된 삶. 아라키 노부요시가 자신의 애묘 치로와의 22년을 담은 사진집의 제목은《愛しのチロ》였다. '사랑하는 치로(愛するチロ)'와 비슷해 보이지만 어딘가 어색한 단어의 조합은 실은 사랑과 죽음을 함께 쓴 '愛死のチロ'다. 제목부터 애달프다. 고양이의 22살은 사람의 100살이라고 한다. 그만큼 개와 고양이는 보다 빠른 시

간을 산다. 간직하고 싶어도 달아나고, 기억하고 싶어도 흘러간다. 바꿔 말하면 우리의 한 시간은 그들에게 찰나에 불과하다. 그러니 그저 소망할 수밖에. 온전히 개의 시간을 살 순 없겠지만 나이 든, 열여섯이 된 곰돌이와 시간을 보내며 지금이 아닌 어딘가의 시간을 생각한다.

끝나지 않는 엔드롤을, 영원히 이어질 수 있는 엔드롤을 희망한다. 그런 시간의 세상을 꿈꿔 본다. 그곳에 흐르는 시간을 애써 살아보려는 노력만이 지금 여기에 흐르는 시간의 최선이다. 약을 빨리 먹이려고 자고 있는 곰돌이를 깨우지 않기, 노화의 증상일지 모르는 냄새를 탓하지 말고 조금 더 자주 씻겨주기, 같은 자리를 맴도는 곰돌이를 조금씩 먼 곳까지 산책 시켜주기, 천둥 소리에 벌벌 떨며 밤에 여기저기 돌아다니는 곰돌이에게 '잠도 못자잖아'라고 불평하지 않기, 여덟 시만 돼도 들어가 자자고 보채는 곰돌이를 귀찮아하지 않기, TV 볼 때 자기랑 놀아달라며 짖어대는 곰돌이를 무시하지 않기, 사진 찍기 싫다고 얼굴 돌려대는 곰돌이를 원망하지 않기. 그리고… 그리고… 개와의 시간을 산다는 건 어쩌면 지금 이상의 시간을 산다는 의미가 아닐까. 커다란 행복이자 행운이란 이름의 시간을 생각한다.

우리 곁을 떠나간, 그 산책길

2017년 《바자》 12월호 칼럼

끝나지 않을 줄 알았다. 계속될 것 같았다. 도쿄의 구루메 거리를 지나 동네 골목, 그리고 에도(江戶)의 곳곳을 누비던 그 길에 끝은 없을 것 같았다. 그러길 바랬다. 다니구치 지로의 부고는 너무나 돌연 찾아와 우리를 놀라게 했다. 최근 입원과 퇴원이 반복되는 생활이란 건 흘러오는 얘기로 알고는 있었지만, 그는 3년 전까지만 해도 신작을 위해 프랑스 파리의 아파트를 1개월간 빌린 사람이다. 그리고 그걸 《천년의 날개, 백년의 꿈(千年の翼 100年の夢)》이라는 제목의 만화로 펴냈었다. 심지어 2011년 프랑스 정부로부터 문예문화훈장 슈바리를 받으면서는 '에도(江戶)를 지나 메이지(明治), 다이쇼(大正), 쇼와(昭和)까지는 해보고 싶다'고도 말했다. 그런데 그가, 영영 걸음을 멈추지 않을 것 같던 그가 세상을 떠났다. 마치《개를 기르다(犬を飼う)》의 탐이 그렇듯 안탑깝게, 애절하게.

다니구치 지로는 다르다. 여느 일본 만화와 달리, 소위 아니메들과 달리 느린 시간을 산다. 유럽의 만화 밴드 데시네(Bande Dessinée)에서 영향을 많이 받았다고 스스로가 말하는 그의 만화는 컷과 컷 사이에 생략이 없고 배경 하나하나에 삶이 있다. 그의 만화는 천천히 보아야 하는 만화다. 천천히, 공을 들여 바라보아야 풍경이 제대로 보이고, 인물의 감정이 그려지며, 이야기의 결이 살아난다.

그래서 다니구치는 일본에서 별로 인기가 없다. 실제로 그의 작품《에도 산책(ふらり)》이 만화 주간지《모닝(モーニング)》에 연재됐을 때, 다니구치는 '이건 안 되겠구나' 싶었다고 한다. 자신의 만화가 다른 만화들의 스피드에 압도당했기 때문이다. 하지만 그래서, 더욱더, 그의 만화는 소중하다. 그는 천천히 봐야만 보이는 것들을 이야기하고, 그 안에서 삶의 정수를 길어낸다. 유럽에서 그의 작품이 영화 감독 오즈 야스지로, 미조구치 겐지와 비교되는 대목이다.

쿠스미 마사유키는 다니구치 지로와 모두 두 번을 함께했다.《고

독한 미식가(孤独のグルメ)》와 《우연한 산보(散歩もの)》. 쿠스미는 다
니구치를 '조용함을 품은(静かなる) 도전자'라 표현한다. 도전자, 둘
은 새로웠다. 1990년대 당시 요리 비평가인 야마모토 마스히로나
미슐랭 붐이 불고 있던 한가운데서 둘은 '안티 구루메'를 외쳤다. 무
엇을 먹는지가 중요한 게 아니라 어떻게 먹는지, 그러니까 주인공
이노카시라 고로가 어떻게 공복을 채워나가는지가 중요한 만화를
만든 것이다. 《고독한 미식가》의 탄생이다. 이는 다니구치 지로를 얘
기하면서 간과되는 부분이다. 그의 느슨한, 기분 편한 화풍에 가려
져 그의 차이, 새로움은 자주 거론되지 못한다.

　　하지만 아니메 왕국에서 유독, 거의 독보적으로 홀로 느긋한 만
화를 만들고 있는 그의 존재는 그 자체로 새로움이다. 심지어 《에도
산책》은 이름도 모르는 주인공이 새의 시점이 됐다, 고양이의 시점
이 됐다 하면서 에도를 바라보는 것, 그것만을 그린 작품이다. 그래
서 더욱 그가 그립다. 그의 산책이 자꾸 생각난다. 오늘은 우연한 산
보를 해야 할 것 같다.

코로나 시절의 아침

#코로나 시절의 우리 아침

오늘은 문득 하늘이 보고 싶었다

비가 거세질까 총총걸음에 아파트에 들어서니 엘리베이터의 열린 문 사이로 내가 알던 남자가 보였다. 매일같이 같은 옷에 같은 모습으로 담배를 피고 있던 남자. 여느때와 마찬가지의 티셔츠와 야구 모자와 칙칙한 피부 톤. '탈까 말까' 고민을 하면서도 몇 걸음을 걸었는데, 엘리베이터가 움직이지 않았다. 그가 날 기다리고 있었다. 날 기다려주고 있었다.

조금 뜬금없는 이야기지만, 우리 집 혹은 우리 동네는 '등잔 밑이 어둡다'. 초등학교에서나 이야기할, 케케 묵은 속담을 굳이 여기서 이야기하는 건, 우리 집, 그리고 동네를 둘러싼 상당수 일들이 등잔밑을 바라보지 못해 벌어지는 일들이기 때문이다. 하루의 시작과 끝을 함께하고, 익히 알고 있던 것들이라 간과하고 무시하기 쉽지만, 우리 동네에선 정작 우리 동네가 보이지 않는다. 맛집이라는 카페, 레스토랑을 찾아 서울 곳곳을 돌아다녀도, 정작 동네의 망하지 않고 십수 년 이어가는 노포는 놓치고 만다. 내 경우만 해도, 압구정의 데니쉬, 문례동의 베이글, 상수동의 티라미슈를 얘기하곤 했지만, 대한민국 명장 타이틀을 붙인 동네 빵집 두 곳을 근래에 발견했다. 오징어 먹물로 반죽한 치아바타는 왜그리 쫄깃하던지. 절묘하게 짭짤하던 그 맛은 어디에 숨어있었던지. '등잔밑이 어둡다'는 말은 이곳에 여전히 살아있다.

아침 밥을 먹고 아파트 단지에 나서면, 어제 봤던 얼굴은 오늘도 보인다. 작은 단지라고 해도 백여 명이 살고 있을 텐데, 그 시간, 그 자리에서 마주하는 건 오늘도 그와 그들이다. 아들내미 살림을 도와주러 매일같이 출근을 하는 맞은편 할머니, 나처럼 집에서의 시간이 긴 일상의 소유자인지 낮밤 가리지않고 정자에서 담배를 피우는 30대 남자. 유일한 젊은 아빠는 쌍둥이 아들 둘(물어보지는 않아 확인할 수 없지만)과 자주 외출을 하는 듯싶고, 우리 라인에서 유일하게 서른을 넘지 않은 듯한 남자 한 명은 내게 종종 인사를 건넨다.

햇빛이 밝은 날이면, 우디 앨런 영화의 도입부가 떠오르기도 하는데, 너와 나의 동네는 어쩌면 영화 한 편쯤은 품고 살아간다. 별일 없는 사람들이 별일 없는 하루를 딱 그만큼의 에너지로 살아가는 오늘들. 낡은 아파트여서인지 승강기 점검이 잦은 요즘, 난 영화 《존 말코비치 되기》의 7과 1/2층 같은 게 숨어있는 건 아닐까, 실없는 망상을 했다.

사실 우리 동네의 드라마라면, 조금 치장을 해 온기를 덜어낸 휴먼 드라마에 가깝다. 그 남자와 그 여자는 수십 번을 마주쳐도 눈인사 하나 없고, 마스크를 쓰지 않은 중년남은 엘리베이터 안에서 큰소리로 전화를 한다. 18층부터 13층까지 한 층도 거르지 않고 승강기가 멈추던 아침, 그 솜씨는 택배 기사의 것(짓)이었다. 심지어 같은 라인에 사는 A씨는 덩치 큰 골든리트리버 두 마리나 데리고 엘리베이터에 오르기도 하는데, 그 두 마리는 굳이 냄새까지 풍기며 스스로의 존재를 드러낸다.

물론 이는 나의 보통을 초과하는 예민함 탓이기도 하지만, 고작 네 동밖에 되지 않는 아파트에 대한민국 사회의 땀내나는 리얼리티가 그대로 재연된다. '나'를 사느라 열심히 '남'에게 무언가를 꼭 묻히고야 마는 사람들. 냄새 날지 모를 두 마리를 피하느라 발걸음은 빨라지고, 승강기 앞에서 마음은 초조, 심박수는 가파지기만 해, 이럴 때면 스릴러 못지 않은 영화가 우리 동네에 오금을 지리고 간다. 사람은 왜 이리 서로 다른지, '함께' 산다는 건 오늘도 실패하고 말았다.

우리 아파트 단지엔 산이 보인다. 왼쪽 건너편, 높은 담장을 끼고 둥근 능선이 하늘과 맞닿아 있다. 그 너머의 그림은 종종 현실을 망각한 산수화처럼 보이는데, 여름 날 비가 오기라도 하면 조금은 센치해진 내 기분과 함께 현실 너머 현실을 은유하고 있는 것처럼도 느껴진다. 흐릿한 안개비가 나지막히 깔린 비오는 아침의 작은 초현실. 그 산의 이름을 난 집에 돌아와 몇 년이 지나서야 알았다.

그리고 그때서야 내가 도착한 자리의 이름을 알아차린 것만 같았다. 집을 떠나 10여 년을 살다 갑작스레 도태돼 하염없이 쓸려다니고 간신히 부러진 나무 조각 하나를 붙잡고 다다른 강벼락에서의 난착륙. 멀리 있지만 가깝게 느껴지고, 손에 닿을 것도 같지만 점점 멀어지던 그 산이, 몇 걸음쯤 내게 다가온 것도 같았다. 소라와 닮았다고 해서 소래산, 냇가와 숲이 많다고 해서 솔내(松川)산. 그런 로드무비의, 조금은 홍상수 영화 같은 정경이 펼쳐지고 있었다.

매일같이 지나치던 일상이 세월과 함께 '드라마'가 되는 것처럼, 원근법에 드러나는 초현실의 현실이 그곳에 있다. 산은 거리로 7.4 킬로미터, 마음만 먹으면 오를 수도 체력이 된다면 정상을 밟을 수도 있겠지만, 왜인지 외면했던 풍경은 비에 젖은 아침 하늘 살며시 모습을 드러낸다. 인생은 가까이서 보면 비극, 멀리서 보면 희극이라더니, 그건 곧 일상이거나 영화거나의 이야기기도 했다. 비가 내리던 여름날, 정말 그런 영화가 흘러가는 듯했다.

비가 살금살금 내리던 아침, 나이키 윈드브레이커를 입고 나가 담배를 한 대 피웠다. 비가 거세질까 총총걸음에 아파트에 들어서니 엘리베이터의 열린 문 사이로 내가 알던 남자가 보였다. 매일같이 같은 옷에 같은 모습으로 담배를 피고 있던 남자. 여느 때와 마찬가지의 티셔츠와 야구 모자와 칙칙한 피부 톤. '탈까 말까' 고민을 하면서도 몇 걸음을 걸었는데, 엘리베이터가 움직이지 않았다. 그가 날 기다리고 있었다. 날 기다려주고 있었다. 거울에 비친 티셔츠엔 내가 아는 영국 신사의 로고, 폴로의 상표가 그려져 있었고, 문양도 생각(오해)했던 것과 미세하게 달랐다. 지나칠 땐 몰랐던 것들. 세상엔, 가까이서 봐야 보이는 그림이 있다. 근데 이 반전은 현실일까, 그 너머의 현실일까. 창밖엔 아직 비가 내리고 있었다.

늦은 새벽의 '블루 아워'

생각지 못했던 말 한 마디에 눈물이 흘러나왔다. '언젠가 잃어버린 나'.
무작정 앞으로 나아가기에 버거웠던 나에겐 의미심장했던 말. 심은경
의 여우주연상 수상 이후 국내에서도 화제가 됐던 영화《블루 아워》에
흘러나오는 한 마디다.

지난해 가을, 도쿄를 여행하며 문장 하나를 만났다. 시부야에서 역
사가 40년이나 되는 예술 영화 극장 '유로 시네마'에서였는데, 영화
가 시작도 하기 전 난 가슴이 울컥였다. 그 무렵의 나라고 하면, 별
거 아닌 일에도 마음이 물컹해질 정도로 약해져 있기는 했지만, 나
오는 예고편마다 짧은 눈물이 흐르고 그쳤다.

보려던 영화는 이케마츠 소스케와 아오이 유우가 주연한《미야
모토가 너에게》. 일본에서 가장 미움받은 만화라 불리는 아라이 히
데키의 1990년 작품을 원작으로 한 영화다. 유도리 하나 없는 미야
모토의 부딪히고 실패하고 다시 일어나는 분투기에 휴지는 넉넉히

준비했지만, 생각지 못했던 말 한 마디에 눈물이 흘러나왔다. '언젠가 잃어버린 나'. 무작정 앞으로 나아가기에 버거웠던 나에겐 의미심장했던 말. 심은경의 여우주연상 수상 이후 국내에서도 화제가 됐던 영화《블루 아워》에 흘러나오는 한 마디다.

여행이 일상 너머 어딘가로 도망가버린 듯한 시절에, 나는 종종 지나온 여행을 떠올리곤 한다. SNS가 알려주는 몇 년 전의 나를 생각하고, 오랜만에 찾은 거리에서, 어느 카페에서, 이름을 달리한 오래전 영화관에서 지나간 시절과의 이상한 재회를 기억한다. 어차피 금세 잊혀질, 바뀐 신호에 걸음을 옮기느라 사진 한 장 건지지 못할 그림들이지만, 이곳에 다시 재생되는 그날의 기억은 조금 오랜 애잔함으로 남는다. 여기서 저기로의 이동이 아닌, 시간을 넘나드는 시공간의, 타임 리프의 경험들.

마음 편히 비행기 한 번 타기 힘든 시절에, 이건 어쩌면 아직 이름을 갖지 못한 또 하나의 여행은 아닐까. 비대면을 이야기하며 세상은 '마이크로 여행'이란 신조어까지 만들어냈는데, 그저 우리가 알아차리지 못했을 뿐인 이야기인지 모른다. '나를 찾아 떠나는 여행'이란 말은 참 많이 하지만, 실은 환상에 젖은 문장이고, 아무런 목적지도 정해지지 않은 그 길은 사실 내 안에 그려진다. 점점 작아지고 있는 여행, 그건 분명 나에게로 향하는 '마이크로 여행'의 시작이다.

3시 혹은 4시, 새벽에 종종 깨는 경우가 있다. 입원을 하면서는 종합병원의 모든 '과'를 순례하듯 거쳐온지라, 한때는 화장실에 가느라 두세 번쯤 밤중에 일어났던 적도 있지만, 지금 그런 찜찜한 이야기를 하려는 건 아니고, 왜인지 잠이 깨, 아침이 되기 전, 아직은 밤이 끝나지 않은 시간을 마주할 때가 있다. 다시 침대에 누워 눈은 감지만 잠은 아직 돌아오지 않은 시간. 그런 새벽이거나 이른 아침. 그럴 때의 느낌이라면, 이유 없이 생생하고, 티 하나 없이 싱그럽고, 내일 해는 준비도 되지 않았는데, 나 혼자만 화창하다. 말하자면 세상에 나 혼자 존재하고 있는 듯한 기분, 그런 맑은 착각이 찾아온다. 이케마츠 소스케를 만나기도 전 나를 울렸던 그 대사의 영화《블루 아워》에도 이와 비슷한 장면이 흘러간다.

"어릴 적 홀로 깨면, 아침도 아니고 밤도 아닌 시간이 온전히 내 것인 것만 같았어."

《블루 아워》는 도쿄에서 잘 나가는 영상 PD로 살지만 꿈을 잊어버린 주인공 스나다가 고향집에 내려와 어릴 적 자신과 만나는, 전

형적 플래쉬백의 성장 영화다. 심은경은 그녀의 친구 아닌 친구로 출연하고(스포일러를 숨긴 표현), 성격도 생김새도 전혀 다른 게 스나다의 어린 시절을 은유하는 느낌을 풍긴다. 어쩌다 둘은 스나다의 고향 이바라키로 내려가는데, 비가 거세게 내리던 밤 스나다는 오래전 자신의 방에서 그 무렵의 자신을 만난다. '블루 아워'는 해질녘의 트와이라이트, 낮의 끝자락. 하지만 영화에서 이 시간은 내가 내게서 저무는 시간, 그런 끝자락의 블루 빛을 가리킨다. 거센 비가 머춘 젖은 새벽녘, 스나다는 어릴 적 자신, 잊고 있던 자신을 보았을까. 세상엔 잃어버린 나를 찾아가는 여정의 수상한 새벽녘이 있다.

《블루 아워》의 스나다가 그랬던 것처럼, 나도 몇 해 전 오래전 살던 도쿄의 집을 다녀왔던 적이 있다. 스나다야 친구 키요우라(심은경)에 떠밀려 갔을 뿐이지만, 나의 경우는 누가 시키지도 않았는데 그곳에 다녀왔다. 왜인지 가야 할 것 같은 마음에 도쿄행 비행기를 탔다.

왕복 수십 만원에 '왜인지'라니 사치스럽기만 한데, '세상엔 누가 뭐라 해도 떠나야 하는 길이 있고, 돌아가야 하는 이유도 그만큼 많다'. 나를 뜨끔하게 했던 또 하나의 영화, 자비에 돌란의 《단지 세상의 끝》에서 가져온 구절이다. 내가 살던 집은 도쿄라해도 도내 23구가 아닌 외곽 미타카(三鷹) 시의 허르스름한 2층 건물의 1LK였다.

전철에서 내려 10분 넘게 걸어야 했는데, 다시 찾은 그곳에 내가 아는 낡은 1LK는 보이지 않았다. 대신 못생긴 깨끗한 벽돌 건물이 세워져 있었다. 10년도 넘게 지났으니 그럴 수도 있지만, 정말로 난 '지나간 나'를 잃어버렸다.

이걸 확인하자고 난 비행기를 탔을까. 이 허무함을 찾아 수만 킬로미터를 날아왔을까. 늦은 오후, 아는 길을, 기억속에 남아있는 길을 더듬으며 역으로 걸었다. 허무함이라기보다 편안했다. 아무것도 얻은 게 없었지만 두둑한 기분이 들었다. 인근 학교에선 차임벨이 울렸고, 달라진 건 하나도 없었지만 그걸로 충분했다. 여행은 사실, 아무것도 남기지 않는다. 애지중지 사들고 돌아온 기념품도, 새로 나온 한정판 티셔츠도, 힙한 카페에서 찍은 몇 장의 사진 같은 것도 하루하루 잊혀질 뿐이다. 기억조차 몇 년이면 방황을 하고 만다. 하지만 내게서 출발하는 여행은, 해질녘의 '블루 아워'와 같고, 돌연 잠에서 깬 새벽녘의 몽롱한 아침과도 같아 내게로 돌아온다. 그렇게 영원하다.

불현듯 떠난 도쿄에서 나는 '잃어버린 나'를 주워 돌아왔는지 모른다. 내게서 떠나는 여행은 아마 그런 희미한 블루 빛의 아침을 향하고 있었다.

잡지 같은 인생에 관하여

> 《보그 이탈리아》 편집장 엠마뉴엘 파네티는 발간에 앞서 이런 말을 남
> 겼다. "아무것도 하지 않고 가만히 있는 건… 사람들이 죽어가고, 의사
> 와 간호사는 목숨을 무릅쓰고 일을 하고, 세상은 영원히 변해버릴지
> 모르지만… 우리의 DNA가 아닙니다."

2020년 4월 《보그 이탈리아》는 새하얀 표지의 '블랭크 화이트' 이
슈를 발행했다. 코로나가 터지고 이 와중에 무슨 '잡지'인가 싶지만,
4월이 찾아오자, 5월이 다가오자 서점엔 아무렇지 않게 새 잡지가
깔렸다. 《보그 포르투갈》은 마스크를 쓴 남녀의 키스신으로 커버를
장식했고, 그다음 달 일본 잡지 《브루터스》는 난데없는 박물관 특집
을 꾸렸다. 잡지를 10년 만들어온 나조차 망설여지는데, 그럼에도
우리가 할 수 있는 건 그냥 또 한 번의 '오늘'을 사는 일인지 모른다.

《보그 이탈리아》 편집장 엠마뉴엘 파네티는 발간에 앞서 이런
말을 남겼다. "아무것도 하지 않고 가만히 있는 건… 사람들이 죽어

가고, 의사와 간호사는 목숨을 무릅쓰고 일을 하고, 세상은 영원히 변해버릴지 모르지만… 우리의 DNA가 아닙니다." 코로나 이후 나는 조금 더 집에 머물고, 조금 더 고민하고, 앞날은 더 멀리 도망친 듯도 싶지만, 내일은 이미 내 안에 기다리고 있다. 잡지사를 나오고 5년. 잡지가 내게 그런 말을 했다.

이사를 하면서 잡지가 없어졌다. 병실에 누워 나 대신 집(직장 생활을 하며 혼자 살았던 서울의 집)을 처리해야 했던 엄마와 누나 앞에서 난 "책 말고 잡지는 다 버려도 돼요"라고 아무렇지 않게 말했다.《씨네21》을 시작으로 도쿄에서 돌아와 일했던 여행지《AB-ROAD》, 처음으로 접했던 패션지《GEEK》과 왜인지 마지막이 되어버린《보그》까지. 10년을 넘게 잡지와 살았는데 아무런 주저도 없이 그런 말이 나왔다. 오래전 지인은 한남동 식당에서 함께 카레를 먹으며 "그냥 아팠으니까 그랬던 거예요"라고 얘기해줬는데, 그래 아팠으니까.

난 최대한 숨고 싶었다. 부담이 되고 싶지 않았고, 조금은 외면하고 싶었다. 그리고 솔직히 뭐가 어디에 얼마나 있는지 잘 알지 못했다. 집(인천의 본가)에 돌아와 그 말은 가끔 후회가 되기도 했지만, 난 그냥 그 시절을 졸업하고 싶었는지도 모른다. 퇴원 후 1~2년, 잡지 한 권도 구입하지 않고 살았으니 말이다. 정말 그랬는지도 모른다.

우리나라에선《고독한 미식가》로 유명한 일본의 만화가 다니구치 지로가 세상을 떴던 여름, 버스에서 문자 메시지 하나를 받았다. 패션지《바자》의 에디터라는 A가 내게 다니구치 지로에 대한 원고를 청탁하고 있었다.《바자》란 잡지는 익숙히 알고 있었지만, A에디터는 생소한 이름. 그는 내게 "트위터, 브런치를 잘 보고 있어요"라고 이야기해 주었다. 잡지와의 연은 이미 끝났다고 생각했던 날들, 그런 사념조차 자리하지 못했던 내 일상에 잡지가 불쑥 튀어나왔다.

엄마가 좋아하는 영탁의 유행가 가사처럼 '니가 왜 거기서 나와' 같은 문자 메시지에 답을 보내고, 난 '사실 나 그 만화가 잘 모르는데…' 싶어 초조해졌다. '이 사람은 나에 대해 얼마나 알고 있나' 싶어 조바심이 났고, 내 이력을 어디까지 알고 있나 싶어 걱정이 꿈틀거렸다. 하지만 동시에 시작할 문장을 궁리했다.《고독한 미식가》와 나 사이의 접점을 찾았고, '1페이지 분량이면 고료가 얼마였지?'하며 주책맞게 계산기도 두드리고 있었다. 창피하게도 마음이 설렜다. 잡지의 시간은 끝나지 않았다.

잡지사를 나와 잡지 일은 끝난 듯 끝나지 않은 듯 이어졌다. 황량한 벌판에 홀로 방황하던 내게 연락을 줬던 A에디터는 이후에도 몇 번 비슷한 연락을 줬다. 곰돌이가 깁스를 하기 시작하던 무렵엔,

진 웨인가튼의 사진 에세이《노견 만세》출판에 맞춰 '노견과 함께 산다는 것'이라는, 다소 뭉클한 에세이도 적어 보냈다. 이런 식의 외고는 잡지사에 다닐 때도 별로 써본 적이 없는데, 그들의 웨이팅 리스트엔 내 이름이 남아있었다. 잊을 만하면 연락이 왔고, 통장 잔고가 바닥을 칠라 하면 메일이 도착해있었다.

나는 종종 칼럼니스트였고, 때로는 컨트리뷰팅 에디터였고, 또 가끔은 앞뒤 다 자르고, 그 잡지 직원인 듯 그냥 '에디터'가 되어 있었다. 단순히 생각하면 덕분에 밥줄을 연명했을 뿐인 이야기인데, 생활이 조금은 달라지기 시작했다. 취재를 위해 밖을 나서고, 대지를 보느라(디자인된 원고를 확인하느라) 새벽에 일어나고, 교정지에 빨갛게 체크를 하고… 내가 알던 그날들이 다시 내게 돌아왔다. 방에 잡지가 다시 쌓여가기 시작했다.

유아인이 오랜만에 영화에 출연했던 때. 영화《국가 부도의 날》로 뱅상 카셀이 한국까지 찾아왔던 무렵. 나는 그보다 더 오랜만에 한국 잡지를 샀다. 유아인과 뱅상 카셀이 번갈아 페이드아웃 처리된 표지의 2018년《보그》11월 이슈. 그곳에 내가 아는 이름도, 모르는 이름도 있었지만, 잡지는 어쩌면 멈추지 않는 시간의 한 권이다. 휴간을 해도, 폐간을 해도, 잡지란 시간이 멈춰서는 일은 없다. 두 해가 지나서야 나는 겨우 내가 돌아섰던 자리,《보그》를 다시 마주할 수 있었던 걸까. 잡지의 시간을 다시 살아보고 싶었는지 모른다.

이메일로 인터뷰를 하며 알게 된 일본 잡지《SWITCH》의 아쿠 츠 씨는 311 동일본 대지진 때를 이야기하며, 기사를 쓴다고 하면 여기에 딱 어울릴 만한 에피소드를 하나 적어 보내주었다. "인쇄소 는 물이 차 기계가 엉망이고, 책방들은 서점 내에 물이 올라와 수습 하느라 바쁘고, 도저히 출판이 힘들다 생각했지만, 적은 부수라도 해보자고 마음을 먹고 똑같이 한 권을 마감했어요."

어쩌면 이런 지속성이 아닐까. 2020년《보그 이탈리아》4월호 ' 화이트 이슈'를 만들며 파네티가 남긴 말도 인용할 수 있을 것 같다. "화이트는 항복을 의미하는 하양이 아닌, 다시 쓰여지기를 기다리 는, 새로운 스토리가 시작되기 위한 하양입니다." 이런 매일과 매일. 오늘도 인쇄소를 돌리는 잡지는, 삶에 대한 예시가 되기도 한다.

5년 전 여름 무렵, 나는 10년 세월에 무슨 거창한 구두점이라도 찍는 양 잡지사를 뒤돌아 나왔지만, 애초 잡지에 마지막은 별로 어 울리지 않는다. 사람은 떠나가고 돌아오지만, 잡지엔 세월과 함께 흘러가는 오직 '지금'이란 시제만이 있다. 그리고 그 어김없는 '오늘'이 내겐 용기의 시간이 되었다. '다들 이렇게 오늘을 잘 살고 있구나' 싶은 유치하고 세상 부끄러운 용기를 내 방에 쌓인 잡지에서 발견한다. 내가 멀리해도 내 곁에 남아있는 것. 그런 오늘의 365일. 이 지긋지긋한 잡지 인생이여… 그곳에 이별 같은 과거형은 단신 꺼리도 되지 못한다.

동네 카페에선 '오랜만이에요'라고 하지 않는다

> 카페는 사람으로 완성된다. 시간으로 흐르고 계절과 함께 쌓여간다.
> 그렇게 나와 그곳의 공간이 되어간다. 내가 알고 있던 카페 비하인드
> 는 마음의 긴장을 덜어낸 나와 따뜻한 커피 한 잔이었지. 비인지 땀인
> 지 웃옷이 다 젖어 거친 숨을 몰아쉬며 가방에서 담배를 꺼내는 눅눅
> 한 오후가 아니었다.

편도 2시간이 걸리는 동네 카페를 다닌다. 한강을 건너는 동네 라멘
가게에서 점심을 먹는다. 집에서 가까운 건 롯데백화점 인천점인데,
백화점 카드는 현대백화점 압구정점으로 등록되어 있다. 심지어 공
덕동 오거리 치과에선 정기 검진을 하라며 문자 메시지까지 보내온
다. 어느새 5년, 날로 환산하면 수천 일이 지났는데 몸에 배인 고장
난 '거리 감각'은 아직도 고쳐지지 못했다.

　편도 2시간의 동네 카페라는, 바보 같은 망상이 애틋한 척 내 곁
에서 5년을 지냈다. 숄더백에 노트북을 넣고, 왕복 4시간을 버텨줄
책을 한 권 더하고, 예전과 마찬가지로 집을 나서는 일과들. 수백 킬

로미터를 이동해 고작 두세 시간을 보내는 착각과 거짓속에 지속되는 하루들. 파스타집 셰프도, 카페 주인도 이제는 좀 더 친절한 인사를 건네는 것도 같지만, 집에 갈 즈음 마음은 천근만근 돌덩이가 되어 있다. 치아가 조금 걱정돼 치과에 들렀다가 단골 카페에 가려고 마음먹었던 날, 날씨는 강풍과 폭우를 예보하고 있었다.

날씨 보는 습관이 생겼다. 지독히도 끝이 없는 2020년의 'THE 장마' 때문이기도 하지만, 지긋지긋한 집에서의 매일을 보내다 보면, 간만에 밖으로 나서는 날의 날씨는 보다 큰 무게로 다가온다. 비가 오고 안 오고에 따라, 기온이 25도를 넘느냐 아니냐에 따라, 준비물이, 마음가짐이 달라진다. 동선이 바뀌기도 하고, 때로는 나가려는 맘을 애지감치 접어버리기도 하고, 그러면 난 쓸데없이 인터넷 쇼핑을 지르고 있다.

어차피 불필요한 외출인지라, 나가지 않는다고 문제가 발생하는 게 아닌지라, 홀로 공모한 외출은 소리소문 없이 '없던 일'이 되어버린다. 반바지를 입을지, 이 재킷은 이 날씨에 버거울지 아닐지… 꽤나 공을 들여 고민을 해도, 허무하게 무너져내린다. 한 발작도 움직이지 못한 채 끝나버린 외출. 쓰여지다 만 날들이 이번 여름에만 한가득이다.

날씨는 사실 좀 미묘하다. 평소엔 별로 의식하는 일이 없지만 재난 수준의 비가 오거나, 폭염, 혹은 폭서가 이어질 땐 무엇보다 대사(大事)가 되버린다. 중요한 일이 있을 때면 필요한 이모저모와 함께 날씨도 체크한다. 그리고 여행을 떠날 때와 같이 조금 낭만적인 순간들. 재난 상황에서의 날씨란 간과하고 지나쳤던 자연을 새삼 알아차리는 교훈의 순간이겠지만, 나에게서 무언가가 시작하려 할 때 유독 커다랗게 다가오는 날씨는, 마치 몰랐던 나의 일부처럼 느껴지기도 한다. 날씨와 내가 함께 만들어가는 오늘 같은. 그런 내 안의 날씨를, 나는 언젠가부터 기다리기 시작했다.

매일 출근을 한다면 어제를 참조해 옷을 고를 수 있다. 예보가 조금 틀려도 매일의 외출에서 길러진 임기응변으로 크게 당황하지 않을 수 있다. 사무실 서랍 구석엔 접이식 우산 하나쯤 있을지 모르고, 책상 한 켠엔 슬리퍼가 대기하고 있을지도 모른다. 하지만 집에서의 5년을 보내는 내게, 그런 '어제'는 바닥이 나고 없다.

방송사별 날씨 뉴스를 돌아가며 체크할 수 있을 뿐이지, 외출을 위한 '빅데이터'가 내겐 존재하지 않는다. 간만의 외출은 폭우, 오랜만에 나섰던 동네 카페는 교통 정체로 제자리, 며칠 밤을 궁리하다 차려입고 나온 재킷은 혼자만 겨울 속에 있는 듯한 기분에 외로울

뿐이었다. 하지만 날씨는, 예보를 거르지 않는다.

매일같이 집에서만 있다가 간만에 나선 카페는 봄날의 피크닉이길 바란다. 동네 주변만 어슬렁거리다 오랜만에 찾는 백화점은 세일철의 쇼핑이길 바란다. 그만큼의 현실 괴리적 기대를 품고 외출은 집 밖으로 나선다. 하지만 체감 무게 10킬로그램은 될 것 같은 가방을 이고 편도 2시간 거리의 카페에 가 고작 한 두시간 노트북을 뒤적거리다 집으로 돌아오는 건 여행일까 일상일까. 갈 때보다 배 이상은 처진 몸으로 똑같은 루트를 반복해 걸어가는 건 여행 후 피로일까 일상의 지침일까.

비바람을 뚫고 도착한 카페 비하인드에서 날 기다리고 있던 건 허무와 혼란, 그리고 패닉이었다. 집에 갈 즈음이 되면 지칠대로 지친 몸을 이끌고, 퇴근 시간을 피해 버스에선 앉을 수 있을지 계산이나 하고 있는 건 아무리봐도 여행이 아니고, 일상은 더욱더 아니다. 편도 2시간의 동네 카페라는 건, 생각을 아무리 부풀려 보아도 세계 어디에도 없다. 그저 현실에 녹다운 된 망상이 오늘도 거리에 뒹굴고 있을 뿐이다.

치과에서 진료비는 8000원밖에 나오지 않았다. 며칠 전부터 치아가 시큰시큰해 돈 걱정을 했는데 '깨끗한데요. 근육 문제일 거예요'라는 말과 함께 사진 값만 치르고 나왔다. 하지만 알고 있다 생각했던 노선이 헷갈리기 시작했고, 가차 없이 퍼붓던 비와 바람과 함께 타야 하는 버스는 쏜쌀같이 지나가버렸다. 세상의 일희일비. 아마도 오래 정체됐던 나의 일상 때문이었겠지만, 거리엔 그저 다시 한 번 바람이 불었다.

어찌어찌 카페엔 도착해 따뜻한 카푸치노를 시켰다. 늘 앉곤 했던 카리모쿠 소파에 가방을 내렸고, 사장님과 짧은 인사도 나눴다. 이곳의 카푸치노는 내가 알기로 가장 따뜻한 맛이 난다. 하지만 어쩐지 내가 아는 카페가 아니었다. 이곳은 잡지에 소개될 때 단골 손님으로 나를 추천하기도 했고, 그 덕에 생전 처음으로 인터뷰이가 되보기도 했는데, 돌연 내게 그런 자격이 있을까 싶은 기분이 들었다. '오랜만이네요'라고 서로 주고받던 그 말이 왜인지 좀 아팠다.

카페엔 보통의 일상이 흐르고 있었다. 잔잔하고 센스 좋은 음악, 은은한 커피 향, 그리고 조용한 사람과 물건들. 바깥의 벤치에선 짧게 담배도 한 모금 피웠다. 하지만 온갖 산전수전을 다 거치고 도착한 그날의 나는 좀 어울리지 않았다. 나 혼자만이 애쓰는, 치우지 못한 어제의 짐짝처럼 느껴졌다.

카페는 사람으로 완성된다. 시간으로 흐르고 계절과 함께 쌓여 간다. 그렇게 나와 그곳의 공간이 되어간다. 내가 알고 있던 카페 비하인드는 마음의 긴장을 덜어낸 나와 따뜻한 커피 한 잔이었지, 비인지 땀인지 웃옷이 다 젖어 거친 숨을 몰아쉬며 가방에서 담배를 꺼내는 눅눅한 오후가 아니었다. 그날의 내가 그곳에 도착한 순간, 내가 아는 그 카페는 도망가버렸다. 마치 나의 수많은 실패들을 비웃듯, 꾸역꾸역 밖으로 나섰던 우둔함을 꾸짖기라도 하는 듯 떠나가버렸다. 세상의 모든 기억은, 그렇게 떠나온 자리에 자라난다. 많이 아프고 쓰리지만, 일상은 추억과 그렇게 다르다.

사장님은 먼저 들어가보겠다며 내게 다가와 인사를 건넸다. 그 말이 이상하게 오래 남았다. 동네 카페에 쌓인 나의 311킬로미터, 그런 추억이 보내오는 인사인 것만 같았다. 비가 그친 저녁, 그런 시절이 저물어가고 있었다.

포기가 선택이 되어가는 길목의 '다시 만나는 세계'

다큐멘터리 《Chairs Time》를 세계 프리미어로 보았다. 자잘한 인디 밴드들의 공연을 모두 더하면 근래 가장 유복한 문화 생활을 했는지도 모른다. 이 뭔지 모를 생경한 득템감. 하나의 포기는, 하나의 선택이곤 했다.

남몰래 그려 봤던 9월의 도쿄는 어느새 지워졌다. 1월 무렵 TV를 켰다 하면 늘어나던 코로나19 환자 숫자는 그 무렵 도쿄에서 보고 온 면접만 불안하게 했는데, 어느새 일상이 되어버린 '코로나로 시작하는 이야기'는 고작 반 년 사이 많은 걸 포기의 자리로 돌려놓았다. 하려던 도전을 멈추고, 마음속 품고 있던 꿈을 돌려 세우고, 많은 것들이 방향을 틀어 내일이 아닌 남아있는 길을 찾아 분주했다.

좋아하는 밴드 미츠메의 공연을 보러 가는 따위의 사치스러운 계획은, 마스크를 쓰지 않고 거리를 활보하는 것마냥, 정신 차리지 못한 철부지 소리에 불과할 뿐이었다. 이건 뭐 꿈이라도 꿔야 하는 걸까. 포기와 또 한 번의 포기를 지나 맞이하는 내일. 이 시절의 하루는 어쩌다 이렇게 애절한 오늘이 되어버렸다. 미츠메는 3월에서 9월로 연기된 공연을 다시 공지했고, 'Autumn Camp'라고 이름을 지었다. 우리가 허둥대는 사이, 가을이 찾아왔다.

별로 유명하지 않은 밴드 미츠메, 그리고 9월 예정으로 끝나버린 나의 계획에 대해 설명을 조금 더하면 미츠메는 남자 셋이 조용 조용, 얌전하게 노래하는 일본의 인디 밴드다. 그 조용함엔 늘 무언가 떠나버린 시간의 허전함이 있고, 아직도 오지 않은 누군가를 기다리는 텅 빈 외로움이 짙게 묻어있다. 그들의 다섯 번째 앨범 《Ghost》를 이야기하며, 보컬인 카와베 모토는 아쿠타가와 류노스케의 단편 《조춘(早春)》이 시작이었다고 이야기했다. 《조춘》은 박물관에서 만나기로 한 두 남녀의 이야기, 소설은 기다리던 여자가 오지 않은 채 그냥 끝나버린다.

"여자를 기다리는 이야기지만, 그 안에 영원히 오지 않을 것 같은 느낌이 있어요." 도착하지 않은 여자, 성사되지 않은 만남, 그리고 나의 이뤄지지 못한 여행과 마침표를 찍지 못한 계획. 시간은 물과 같기도 하고, 공기와도 같아 갑자기 멈춰버린 자리에서 존재를 드러내곤 한다. 카와베는 《조춘》은 "시간의 경과, 본질에 가장 가까이 선 느낌이에요"라고 말했다. 나의 잃어버린 시절이, 그들의 노래 속에 있을 것 같았다.

코로나가 시작되고 중지된 이러저런 일들은 랜선을 타고 하루를 시작했다. 와이파이 강국의 지반 위에서 나름의 세월을 오늘도 연명하고 있다. 하지만, 내가 놓친 미츠메의 'Autumn Camp'가 내 방에 텐트를 펴는 날은 찾아오지 않았다. 라이브하우스가 3밀(3密, 밀접, 밀착, 밀폐. 일본에서 코로나 방역으로 제시한 키워드) 구역으로 분류되며 궁여지책으로 온라인 중계를 하는 공연이 늘어가곤 있어도, 이 와중에 일본은 저작권을 따진다. 이와이 슌지가 리모트 제작으로 한 달만에 뚝딱 만들어낸 신작을 국내용으로 제한하고, 웬만하면 아카이브로 남겨놓는 유튜브 공연도 금세 내려버리거나, 기한에 제한을 걸고 있는 걸 보면, 다시 한 번 가지 못한 나의 9월 도쿄가 쓰라리기만 할 뿐이다.

하지 못한다는 건 내게 어떤 의미일까. 시부야 라이브하우스가 아닌, 방구석에 앉아, 도쿄 빌딩 옥상에 펼쳐진 밴드의 라이브를 보고 있는 건 어떤 시간일까. 혹시 '못함'의 일상은 아닐까. 코로나가 시작되고 난 구형 맥북을 켜고 수십 개의 라이브 공연을 보았다. 비트라의 선심으로, 70주년 기념으로 제작된 다큐멘터리 《Chairs Time》도 세계 프리미어로 보았다. 자잘한 인디 밴드들의 공연을 모두 더하면 근래 가장 유복한 문화 생활을 했는지도 모른다. 이 뭔지 모를 생경한 득템감. 하나의 포기는, 하나의 선택이곤 했다.

미츠메의 음악이, 아쿠카타와 류노스케의 《조춘》이 부재에서, 상실에서 보이지 않는 시간을 감각하게 한다면, 코로나가 가져온 가장 큰 발견은 온라인에 숨어있던 또 하나의 세계를 드러냈다는 것이다. 단순히 발걸음을 하지 않고 집 안에서 시청하는 영화, 콘서트와 같은 편의와 대체 방편이 아닌, 여기와 저기, 그때와 지금이 뒤섞인, 2020년 내 방에서 완성되는 하나의 작은 세계. 넷플릭스에서 지브리의 국내 미개봉작 《바다가 들린다》를 볼 수 있다는 것은 그저 꿀템으로만 느껴지지만, 히사이시 죠가 지휘하는 '퓨처 오케스트라'의 이미 끝나버린, 다시 오지 않을 2020년 2월의 공연을 지금 이곳에서 본다는 건, 일상을 넘어 다시 만나는 세계, 하나의 얼터너티브를 느끼게 하는 경험이기도 하다. 그리고 조금은 멜랑꼴리한.

수많은 포기와 어쩔 수 없음의 연속, 그리고 이후 펼쳐지는 시간들. 그곳엔 시공간을 초월한 오늘이 있다. 남겨진 선택의 시간이 흘러가고, 포기 이후 이어지는 길, 하늘의 풍경이 펼쳐진다. 실패에 좌절해 눈물을 쏟다 고개를 들고 하늘을 올려보았을 때와 같은, 뭉클하게 젖은 내일이 기다리고 있다. 우리는 사실, 포기가 아닌 선택을 살고 있는 것이다. 그리고 그건 현재까지 별로 돈이 들지 않는다.

만약, 코로나가 그저 한 번의 비수기라면

3월 예정이었던 마감이 아직도 지지부진한 건 나의 태만 탓인지, 코로나의 '거리 두기' 탓인지. 다들 '홈트'가 유행이라는데 고작 10분 운동도 지속하지 못하는 건 나의 체력 문제인지, 코로나의 '자숙 무드' 때문인지.

이 책을 쓰기 시작했을 때만 해도, 코로나를 계속 이야기할 줄 몰랐다. 여름이 오면 카페 테라스에 앉아 아이스 커피 한 잔에 허물없는 친구와 마음껏 떠들 줄 알았다. 가을 즈음엔 좋아하는 미즈메의 라이브 공연을, 시간이 된다면 취재를 하며 알게 된 책방 주인들을 만나 인사를 건넬 수 있을까 싶기도 했다. 도쿄는 (이제는 2021이 되어버린) 올림픽을 맞아 100년에 한 번이라는 재개발이 한창이라는데, 그렇게 달라졌을 그곳이 너무 낯설지는 않을까 걱정이 되기도 했다.

그러니까 코로나19라는 반전을, 나는 예상하지 못했다. 하늘길과 바닷길은 막혀버렸고, 사람과 만나 대화하는 건 여전히 조심스럽고, 방에는 마스크가 쌓여만 갔다. 모두 다 그놈의 전염병 때문에. 지긋지긋한 코로나 때문에. 다 쓰지 못한 나의 계획은 서서히 잊혀져 갔다. 별일 없던 일상에 대대적 사건이 벌어진 셈이다.

코로나 이후의 일상이라면 누구나 한 번쯤 떠들었을 만큼 시간이 흘러버린 지금, 결국 마주하게 되는 건 나의 하루다. 나조차 '포스트 코로나'로 시작하는 칼럼 비슷한 기사를 몇몇 잡지에 쓴 적이 있고, 인간의 줄어든 활동 덕에 맑아진 하늘 사진을 보여주며 문명 사회가 맞닥들인 21세기 최대의 경고라는 해석은 오히려 마음을 경건하게도 했다.

하지만 외출은 가급적 자제하고, 거리에선 마스크를 쓰고, 혼자가 되어 생각하게 되는 건 결국 '그래서 나?'란 사람의 문제다. '포스트 코로나 시대'가 아닌 어제와 오늘을 살고 내일을 맞이하는 '나의 일상.' 당연한 것들이 당연하지 않고, 할 수 있던 것들이 할 수 없게 된 시대에서 나는 돌연 '나의 생활'이란 질문을 건네받았다. 말하자면 마감의 8할을 카페에서 했던 나의 '어디서 원고를 쓸 것인가'와 같은 당혹감. 코로나란 불청객은 5년여의 내 집안 생활을 헤집어놓았다.

어쩌다 좋아하게 된 일본에서 부러운 점이 있다면, 말 하나에 넘어진 하루를 일으키는 마력이 있다는 것이다. 히라가나, 가타카나, 한자처럼, 같은 말도 표현하는 문자 수가 많아서기도 하지만, 일본어를 곰곰히 바라보면 숨어있는 의미가 살짝 고개를 내밀 때가 있다. 가장 가까운 예로, 고레에다 히로카즈의 영화《어느 가족》에서 '상처는 시간과 함께 연이 된다'는 부분. 상처는 키즈(傷), 연은 키즈나(絆). 한자는 조금도 닮은 구석이 없는데 어쨌든 한 자 차이에 위로가 태어난다. 그저 말장난뿐일지 모르지만 눈물을 닦아주고, 슬픔을 거둬낸다. 어둠에 빛을 밝혀준다.

이런 단 한 글자의 반전은 영화뿐 아니라 삶의 이곳저곳에도 숨어있어, 너와 나의 일상에도 어쩌면 작용하고 있는지 모른다. 세상의 반전은 의외로 멀리 있지 않다.

코로나 때문이라 생각하지만 어쩌면 나 때문이다. 좀처럼 일어나지 못한 아침은 오히려 코로나 덕택에 변명을 할 수도 있다. 모두가 코로나를 이야기하고 있어 잘 알아차리지 못하지만, 나의 게으름의 역사는 그보다 몇 배는 더 길다. 매년 나는 두 차례 정도 도쿄에 다녀오고, 올해는 그럴 수 없어 심통이 나기도 하는데, 그 두 번은 또 무슨 계산이었나 싶기도 하다. 코로나는 나를 반성하게 한다. "코로나 탓이라 생각했지만, 코로나를 핑계로 엄살을 부리고 있었던 건 아닌가 모르겠어요." 어느 늦은 아침, 데뷔 10주년 기념 투어를 한 달 만에 중지하게 된 크리프하이프(Creephyp)의 보컬 오자키 세카이 칸은 트위터에서 이렇게 말하고 있었다.

코로나를 나로 살짝 치환해본 '자리 바꾸기'의 반전. 코로나 때문에 멈춰버린 일상이라는 건, 코로나를 핑계로 뒹굴대는 나의 매일이기도 하다. 이걸 난 왜 이제야 알아차렸을까. 아마도, 분명 코로나 때문이다.

집에는 집에서의 생활이 있는 것처럼, 코로나 시절엔 코로나 시절의 일상이 있다. 그 둘은 서로 묘하게 닮고도 달라 간혹 책임 소재를 두고 홀로 애달파질 때도 있다. 3월 예정이었던 마감이 아직도 지지부진한 건 나의 태만 탓인지, 코로나의 '거리 두기' 탓인지. 다들 '홈트'가 유행이라는데 고작 10분 운동도 지속하지 못하는 건 나의 체력 문제인지, 코로나의 '자숙 무드' 때문인지. 하지만 이 둘 사이의 '묘하게 닮은 부분', 반전의 숨은 자리, 그 공통점은 자꾸만 나를 돌아보게 한다는 것이다. 코로나는 쉬지도 않고 '열일' 중인데, 너는 뭐하고 있니. 뭐 이렇게 까발려지는 자기 모순 같은 것들.

코로나가 시작하고 세 달 즈음, 매일이 매일 같은 날들이 5년 가까이 쌓여가자, 나는 겁에 질려 퇴사 이후의 날들을 정리하기 시작했다. 아무런 색도 없이 흘러가던 오늘에 코로나란 빨갛불이 켜지자 걸음을 멈추고 어제를 돌아봤다. 오자키는 "필요없는 것들의 의미를 생각하기 시작했어요"라고 말했는데, 나는 막연히 고민했던 '앞으로', 내일이란 과제를 인류가 맞닥들인 거대한 난제 곁에 함께두고 탐구하고 싶어졌다.

세상 모든 게 멈춰버린 지금, 나의 하루라는 건 남아있는 잉여 가치를 바라보는 시간이다. 몇 번의 반전과 자리 바꾸기를 거쳐 '어제이자 내일', 혹은 인류의 미래가 될지도 모를 순간을 맞이하는 오늘이다. 패나 거창하고, 허황된 소리같지만, 단 한자의 차이, 어쩌면 반전. 꽃이 지는 건 늘 다시 피어나기 위함이었다.

늦은 새벽, 스마트폰을 켜고 검색창에 '항공권'이라 쳐 보았다. 무비자 90일도 무효해진 와중에 도쿄라고, 오사카라고 입력해보았다. 배 이상은 올라버린 가격에 놀라 날짜를 미뤄보고, 실현되지도 못할 여정을, '10박이 좋을지, 그게 아니면 2주를 채울지' 쓸데없는 망상을 하다 긴 새벽녘을 보냈다. 사람은 왜 여행을 떠날까. 여기가 아닌 저기를 왜 꿈꿀까. '역시 집이 최고야'라는 말은 왜 매번 잊혀질까. 어딘가로 떠난다는 건 돌아옴이 약속된 문장이고, 출국은 입국으로 완성된다. 그렇게 시작과 끝의, 오랜 세월이 곁들여져 여행이 흘러간다.

세상은 언젠가부터 '우리의 일상은 꼭 돌아옵니다'라며, 따뜻한 위로를 건네기 시작했지만, 이제는 우리가 돌아가야 할 차례. 'Welcome' 다음의 'Goodbye'처럼, 공항에선 '어서오세요'를 지나 '또 오세요'와 함께 집으로 돌아가곤 했다. 여행은 늘, 언제나 그렇게 완성되어 우리 곁에 흐른다.

어쩌면 불꽃놀이를 옆에서 보는 것과 같은...

> 이 코로나 시절에 깨닳은 게 있다면, 세상은 지금 너와 나를 의심하며
> 또 하나의 너와 나를 드러내고 있다는 사실이다. 집에서의 나와 일하
> 는 자리에서의 내가 다른 건 그저 가족과의 과한 친밀도가 설명해주는
> 듯도 싶지만, 실은 조금 다른 나의 출현인지도 모른다.

지난해 10월, 나는 아마 내 기자 인생에서 가장 충격적인 기사를 썼
다. 국내의 한 인디 밴드를 인터뷰하며 기사의 시작을 '이번 인터뷰
는 망했다'라고 적었다. 처음부터 실패를 자백하고 써나가는 글이라
는 사상 초유의 사태를 왜 내가 저질렀는지는 명확히 기억나지 않
지만, 비 오던 늦은 저녁 그들을 만나고 돌아가는 길에 그저 그런 문
장이 떠올랐다.

의도치 않게 민폐를 끼쳐버린 밴드는 묘연한 이름을 가진 아도
이. 이미 한 개 이상의 밴드에서 활동을 했던 남녀 넷이 다시 모여

활동 경력 수십 년을 자랑하는 홍대의 베테랑 뮤지션이다. 그런데 그날의 난, 10년 넘게 수백 명의 사람들과 만나고 이야기를 나눠왔던 난, 그들과의 만남이 그 어느 때보다 애달프고 초조했다. 그들의 우울을 좋아했는데, 쩔뚝이는 청춘이 내 것인 것만 같아 아리곤 했는데, 그 마음이 들켜버릴 것 같아서였을까. 일찍 도착한 홍대 카페에서, 정리해놓은 질문들을 훑어보며, 나는 그들을 기다리고 기다리지 않았다.

망해버린 인터뷰에 대해 몇 가지 변명을 늘어놓으면, 먼저 나는 그들과 나 사이에 스쳐갔던 몇 번의 어긋남에 동의를 얻어야 한다. 아도이는 매니저 한 명 없이 스스로 공연을 꾸리고, 국내를 넘어 아시아, 유럽까지 횡단하는 등 한해에 수십 번 콘서트를 열며 주목을 받은 이들이다. 하지만 아직까지 난 그들의 공연을 보러 간 적이 없었다.

첫 번째 앨범 《Catnip》이 나왔을 때, 병원에서 나와 한해를 보내던 나는 침대에 누워 소니 매장에서 구매한 하얀색 헤드폰을 쓰고 그들의 'Runner's High'를 들었다. 그렇게 집에 있었다. 두 번째 EP 'Love'가 나오기 전까지 쉴 새 없이 이어졌던 그들의 투어 시절에도, 나는 이어폰을 꽂고 왕복 4시간 광역 버스 안에서 그들을 들었다. 몸은 조금 나아졌지만 육체적, 심적 체력이 회복되지 않았다.

그런 주제에 무슨 인터뷰어 자격이 있냐고 한다면, 그들의 노래는 내게 어긋남의 만남이었다. 지나침의 온도였고, 스쳐감의 기억이었다. 도시에 지나치는 타인과의 부유하는 공기가 그들 음악 속에 있었다. 결코 만날 수 없는 이와의 만남 같은, 그런 몽롱하고, 애틋한 실패를 아도이는 노래한다. 이런 인터뷰가 성공을 할 리가 없다.

기자란 직함을 떼고 몇 년을 살았지만 '어제'에 새겨진 수천 일의 기억들은 심심찮게 '오늘'에 슬며시 모습을 드리울 때가 있다. 아도이의 인터뷰와 같이 단순히 '일'적인 이어짐이 아니더라도, 기자로 살았던 10여 년은 어김없이 나의 10여 년의 일상이기도 한지라, 기자란 두 자를 덜어낸 내 생활은 사실 별반 달라진 게 없다. 출근을 안하고, 야근을 거의 하지 않는 생활의 변화는 있어도, 사람을 만나고 나란 사람을 소개하고 서로를 알아가고 헤어지는 시간은 어제 이후 오늘이 찾아오는 것처럼 별일 없이 흘러간다.

조금은 싸늘한 이야기일지 몰라도, 말하자면 너에게 비친 나는 오늘 조금 다른 누군가에게 비친 나로 살아가고 있을 뿐이다. 내가 아닌 여러 명의 '나와 같은 사람'들. 이와이 슌지의 영화 제목을 가져오면 '불꽃놀이 옆에서 볼까, 아래서 볼까'의 여름밤과 같은. 그런 새로움이 어쩌면 내게, 그리고 너에게 잠자고 있다.

또 한 번의 인터뷰, 올 여름 제주도에 호텔 d-JEJU를 오픈한 D&Department의 나가오카 켄메이 디자이너와 랜선으로 이야기를 나눈 적이 있다. 작은 컴퓨터 화면 속의 그와 대화를 나누며 나는 '내가 아닌 나'와 너의 만남 아닌 만남 같은 것들을 떠올렸다. d-JEJU는 호텔이 아닌 호텔과 같은 것으로 만들어진 곳이다. 그곳엔 방 번호가 없고, 어메니티를 주지 않고, 기본 매뉴얼조차 써 있지 않다. 나가오카는 이와 같은 '~와 같은'을 하나의 가능성이라고 이야기했다. 기자와 같은 기자의 삶을 살았던 나는 나와 너 사이에 그런 '내일 같은 내일'을 그려봤다. 아무런 근거도 없이 그냥 그러고 싶은 시간이 조금 흘렀다. 하늘엔 불꽃도 보이지 않는데 그런 생각을 했다.

집에서 기자 아닌 기자의 삶을 살면서, 여러 번의 인터뷰 아닌 인터뷰를 하면서, 내가 이 코로나 시절에 깨닳은 게 있다면, 세상은 지금 너와 나를 의심하며 또 하나의 너와 나를 드러내고 있다는 사실이다. 집에서의 나와 일하는 자리에서의 내가 다른 건 그저 가족과의 과한 친밀도가 설명해주는 듯도 싶지만, 실은 조금 다른 나의 출현인지도 모른다. 만남이 가로막힌 시절에 해쉬태그를 달며 술자리를 갖고, 영화를 보고, 공연을 관람하는 건 그저 대안의, 일회적인 얼터너티브처럼 생각되어도, 일상의 비일상, 일상이 되려하는 비일상의 시작인지도 모른다. 코로나는 생각도 하지 못했겠지만, 이 시절 온라인은 오프라인을 드러내고, 오프라인은 온라인의 온기를 바라본다. 그리고 너와 나는 분명 조금 다른 너와 나를 만나고 있다.

한 시간여의 나가오카 씨와의 인터뷰를 마치고, 나는 '나의 지난날은 기자 같은 삶이었다'는 결론에 다다랐다. 기자란 얼굴로, 그런 가면을 쓰고 언제 한 번 나이지 않은 채 살아왔던 30여 년. 이런 말은 좀 볼품없고 초라하지만, 그곳엔 개선의 여지, '다음'이 남아있다. 그건 가능성이고, 말을 조금 바꿔보면 내일의 시작이다. 기타노 타케시의 헤묵은 명대사를 빌려, '우린 아직 시작도 하지 않았다.'

그 영화의 역사는 나의 38년보다 길다

세상은 '포스트 코로나'를 이야기한다. 마스크를 쓰고, 거리를 두면서 '위드 코로나'란 말을 꺼내들었다. 마치 다시는 어제의 일상을 찾을 수 없는 것처럼, 오늘을 바라보기 시작했다. 영어로 함께를 의미하는 '위드'는, 분명 온기를 더하고, 마음을 건네고, 혼자가 아닌 '더불어'를 그려내는 두 글자인데, 어쩌다 코로나란 말 앞에 붙어버렸다.

영화가 사라졌다. 입장료도 저렴하고, 거대 멀티 체인에서 볼 수 없는 작은 영화들을 자주 걸어 종종 찾곤 했던 동네 영화관 홈페이지에 상영시간표가 온통 빈칸으로 채워졌다. 서울이 아닌 한국, 수도권의 지방 도시에서 예술 영화를 본다는 건, 사실 마음을 먹고 수소문을 해야 하는 일이다. 때로는 긴 거리의 발품을 팔아야 할 정도로 별로 일상이지 못한 애씀이 필요하기도 하다. 그곳에서 마지막으로 본 영화가 무엇이었지, '문화가 있는 수요일'엔 5000원 한 장에 한 편을 볼 수도 있었는데… 돌연 지워져버린 그곳의 영화가 나의 마음도, 지갑도 싸늘하게 했다. 일주일이 한 달, 한 달이 두 달, 확진자 수를 체크하는 반갑지 않은 일과와 함께 왜인지 그곳의 안부를 확인하는 묵직한 시간이 내 하루에 더해졌다. 내게서 영화가 사라졌다.

세상은 '포스트 코로나'를 이야기한다. 마스크를 쓰고, 거리를 두면서 '위드 코로나'란 말을 꺼내들었다. 마치 다시는 어제의 일상을 찾을 수 없는 것처럼, 오늘을 바라보기 시작했다. 영어로 함께를 의미하는 '위드'는, 분명 온기를 더하고, 마음을 건네고, 혼자가 아닌 '더불어'를 그려내는 두 글자인데, 어쩌다 코로나란 말 앞에 붙어버렸다. 지금의 힘듦을 주도한 그 불명의 역병이 하필 우리와 함께하려 한다.

하지만 '정말 이걸로 괜찮은가요?' 영화 《#살아있다》에서 방에 쳐박혀 게임이나 하던 유아인이 갑작스레 좀비 사태에 정신을 차리던 순간의 눈물처럼, 정말 이걸로 괜찮은가요? 이와이 슌지가 단 3개월만에 완성한 영화 《8일만에 죽어버린 괴수와의 12일간의 이야기》에서 요즘 가장 잘 나가는 배우 논(のん)은 작은 스마트폰 화면 너머에서 "지구, 정말 이걸로 괜찮다 생각하세요?"라고 묻는다. 방구석에 쳐박혀 있던 나는 외치고 싶었다. "NO!" 밤 늦게 다시 들어

가본 영화관 홈페이지엔 아직 영화가 돌아오지 않았다.

　내가 코로나의 위기를 조금 먼저 예감한 것은 바다 건너 들려오던 일본의 이야기에서였다. 오키나와 인근 선박에서 발생한 그 병을, 그들은 바다 안에 가둬두고 있었다. 아마도 올림픽 때문에, 2020년 최대의 거사 지구촌 이벤트를 노심초사하느라, 714명이란 숫자를 열심히도 쉬쉬했다. 하지만 그들의 안이한 방패는 무력했고, 지금 그곳에선 반쪽 짜리가 되어버린 행사를 지키겠다고 오늘도 쩔쩔맨다. 코로나 방역에서 '위드 코로나'까지 어느새 반 년 세월. 그런데 이건 멈춤이었을까. 리와인드였을까.

　일본에서 '호보니치(ほぼ日)'라는 데일리 웹진을 주관하는 이토이 시게사토는 6월의 초입, 코로나 이후 일상을 남기기 시작했다. 문을 닫아버린 가게들, 뜸해진 상점가, 발걸음을 잃은 도시와 활기를 잃은 너와 나 사이의 거리를 기록하기 시작했다. "수프를 먹는 것처럼, 뜨거운 죽을 한숟가락 뜨는 것처럼, 조금씩 예전으로 돌아가는 거리의 모습을 이곳에 남겨두려 합니다." 모든 게 멈춰버린, 멀어져 간 시간에서 바라보는 거리와 가게, 하늘과 마을, 그리고 너와 나. 아무것도 없는 날들의 아무것도 없는 이야기를 '호보니치'는 두 달간 이어갔다.

일기라고는 몇 가지 일정, 오늘 쓴 돈 정도밖에 적지 않는 나이지만, 내 곁의 세계가 느껴졌다. 느리지만 한 걸음, 지금 여기에만 보이는 소소한 날들의 움직임이 어쩌면 감지됐다. 사람도 쉽게 만나지 못하는 시절, 우리는 무얼 할 수 있을까싶지만 지금은 가장 보통의 하루가 가장 느림의 시간을 이곳에 드리우고 있는 건지 모른다. 아무도 모르게, 그리고 아무런 흔적도 없이, 포스트 코로나가 흘러간다.

수첩을 뒤져 동네 영화관에서 보았던 마지막 영화를 발견했다. 5월 12일 저녁 7시 프랑소와 오종의 《신의 은총으로》. 동네라고는 해도 버스를 타야 해서, 그날 난 근처 카페에 앉아 아마도 잡지 마감을 하고 옆집 우동 가게에서 저녁을 먹고, 가장 마지막 열, 끝자리에 앉아 그 영화를 혼자서 봤다. 이토이가 웹진에, 일기 형식을 빌려 하루를 기록한다면, 내게는 영화라는, 만원쯤을 지불하고 2시간 남짓을 함께했던 날들로 흘러가는 긴 세월이 있다.

거창히게 시작을 이야기하면 20여 년을 거슬러 오르지만 근래 5년여, 본가에 돌아온 이후의 날들만 보아도 영화는 내 하루 어느 구석인가에 있다. 극장을 나오면 끝나는 이야기, 어떤 건 기억도 희미해지고 때로는 뒤섞이기도 하지만, 현실에서 잠시 픽션을 꿈꿨던 논픽션의 드라마는 나의 일부이기도 하다. 그리고 이건 조금 일기와도 같고, 삶의 뒷면이기도 해서 눈물을 흘리게 하기도, 마음을 다잡게 하기도, 어깨를 톡톡 두드려주기도 한다. 영화에 묻은, 일기에 남은 나의 소소하고 거대한 어제를, 가장 조용했던 여름날 문득 생각하고 싶었다.

코로나가 새삼 제기한 말 '위드'. '함께'는 힘이 든다. 혼자는 외롭지만 함께는 쓸쓸하다. 카페에 앉아 신나게 이야기를 주고받다가도, 그가 걸려온 전화를 받는 사이, 화장실에 가려고 자리를 뜬 시간, 함께는 그곳에 숨어있던 혼자란 그 두 글자를 어느새 뱉어놓는다. 소파의 비어버린, 구겨진 주름으로 남아있는 그의 빈자리가 누구의 보살핌도 없이 홀로 내 곁을 맴돌고 있다.

어머니와 함께 살며, 혼자가 아닌 가족들과 생활하며, 코로나는 내게 '함께'의 시간을 여지없이 각인시켜준 세 글자인지 모르겠다. 감염을 예방하며 거리 두기를 이야기하지만, 해시태그로 만남을 계속하는 것처럼, 멀어진 거리에서 비로소 보이는 '함께'란 시간이 있다. 나는 혼자가 아니라 극장에 가지 못했다. 혼자가 아니라 카페에 앉아 마감을 하지 않았고, 혼자가 아니라 붐비는 전철도, 버스도 타지 않았다. 3월과 4월 나의 교통카드 결제 금액은 0원. 매달 10편을 넘기던 극장에서의 영화도 멀어져만 갔다. 영화야 넷플릭스가, 유튜브가, 올레티비가 대신해주지만, 그 시절 돌연 내 앞에 나타난 '함께', 그들이란 존재는 나이고, 내가 아니었다. 왼쪽 엉덩이의 점이나 허리의 상처처럼, 보지 못했던 나의 일부, 생소한 일상처럼 느껴졌다. '거리 두기'를 이야기하며, 우리는 어쩌면 서로에게 다가간다.

하루하루 지나가는 일기에도 괜스레 색깔 펜으로 하트를 그리는 날이 있는 것처럼, 영화에도 그런 무비가 아닌 필름, 혹은 1인칭의 시네마와 같은 자리가 있다. 매주 끊임없이 쏟아지는 신작 안에서 한 편을 고른다는 건 나의 하루, 그 일부의 2시간을 선택하는 일이다. 영화는 친구를 사귀는 것과 같고, 가게를 고르는 일과 비슷하고, 남자 혹은 여자를 만나 사랑에 빠지는 일과도 유사하다. 시간이 흐르면서 스타벅스의 다크한 풍미가 아닌, 블루보틀의 산미 나는 세련됨을 선택하는 것처럼, 영화에도 나이와 함께 늙어가는 취향의 변화가 있다.

그러니까 인생이 좀 힘들다면, 영화의 2시간을 살면 된다. 투박

한 문을 굳게 닫고 시작하는 시공간을 초월한 픽션의 눈물·웃음·감동. 일본의 극장협회에서는 얼마 전 '영화관은 환기가 철저하게 구비되어 있어 전염의 확률이 극히 희박하다'고 발표했다.

6월 무렵, 멀티플렉스에 할인 쿠폰이 풀리던 날. 동네 극장의 홈페이지에 다시 들어갔다. 클릭을 하는 순간 두 개의 팝업창이 동시에 열렸다. 그중 하나엔 28일 한정 운영이란 말이 적혀 있었다. 워낙에 작은 규모라, 상영료도 절반 수준인지라 운영이 염려됐는데… 조심스레 내일이 움직이고 있었다. 일상이 돌아오려 하고 있었다.

오랜만에 찾은 카페 비하인드는 배수 공사를 마치고 영업을 재개했다. 보이지 않던 로스팅 머신은 구수한 냄새를 풍기고 있었다. 코로나 이후 찾지 못했던 단골 고깃집은 도시락 배달을 시작했고, 상추와 깻잎은 없었지만 쫄깃한 식감이 여전했다. 일상은 좀처럼 회복의 시간을 남기지 않는다. 오늘은 어제가, 내일은 오늘이 되어버리는 시간에 지나간 날의 흔적은 미약하기 그지없다.

'호보니치'의 스태프 나가타는 "우리는 고유명사를 기억하지 못할 정도록 기억이 애매해 단서를 남겨야 한다"고 적었는데, 내게는 그런 단서, 오늘을 위한 증거, 그날의 나를 남기기 위한 무엇이 영화,

픽션, 때로는 픽션 아닌 픽션이기도 하다. 극장에 석 달째 가지 못했던 어느 오후, 넷플릭스에서 빔 밴더스의 신작을 찾았다.《에브리딩 윌 비 파인》, 영화는 내일을 위한 용기가 되기도 한다.

알고 보니 빔 벤더스의 2015년 영화《에브리딩 윌 비 파인》은 내게 가장 그답지 않은 영화였다. 소설을 집필하기 위해 먼 산길을 여행하다 사고를 당한 뒤 작가 내면에서 벌어지는 심적인 변화를 영화는 진부한 기승전결 순으로 좇아간다. 작업 탓에 소원해진 아내와의 관계, 누구도 다치지 않았지만 사고를 목격한 아이와 엄마 마음 속에 남은 상처, 그리고 그걸 외면하지 못하는 주인공 토마스를 제임스 프랑코가 연기한다. 작품은 알 수 없는 미로(자동차 사고 이후)와 만나 슬럼프에 빠지는데, 조언을 해주는 편집자이자 교수는 주인공에게, 미스테리하기만 한 사고에 대해 이렇게 이야기한다. "그건 너만 그렇게 생각하는 거지."

너무 진부하다 생각했던 영화에서 벤더스는 가장 차가운 위로를 남긴다. 사람은 모두 혼자가 아니라는 사실, 세상엔 서로 다른 시간이 흘러간다는 진실, 그렇게 다름 안에서 치유될 수 있다는 위안. 그리고 나 혼자가 세상의 전부는 아니라는 이상한 안도감이 이 영화 말미에 물컹히 남는다. 영화는 각자의 픽션이 한 자리에 함께하는 논픽션이다. 오늘을 기억하는 어제의 이야기고, 내일을 기다리는 완성되지 않은 오늘이다. 그래서 모든 건 괜찮아지기도 한다.

돌아보면 고등학교 2학년 시절 자율학습을 땡땡이 치고 보러 갔던 워터 살레스의《중앙역》으로부터 20년. 스물 중턱 비오는 도쿄의 밤을 걷다 구로사와 기요시의《도쿄 소나타》를 보고 나오며 맘속 가득 품었던 몽롱한 내일을 향한 환상. 영화는 고작 거짓말이지만 사람을 들뜨게 한다. 진부한 반복이지만 마음을 달래주고, 나도 모르게 내일을 예고하고 있다. 비현실인 주제에 현실인 척을 한다. 그래서 영화로 30년을 살았을까.

8월의 어느 날, 다섯 달 넘게 문을 닫았던 그 극장이 재개의 소식을 알려 왔다. 오늘의 날씨는 흐림, 코로나 확진자 수는 30명, 세상엔 오늘을 기억하기 위해 영화관을 찾는 1인의 하루도 흘러간다. 그런 영화가 지금 상영중이다.

머핀도 나이를 먹는다

2019년《싱글즈》10월호 칼럼

> 빵과의 만남은 요상하다. 무심코 지나쳤던 빵이 애달프고, 빵에 얽힌 발걸음엔 빵이 자리했던 시간이 스며 있다. 머핀과 컵케이크를 구별할 수 있게 된 날, 지나갔던 어제가 다가왔다.

#쵸코머핀 #컵케이크 #치카리셔스 #빵집 #빵과의시간

오래전 스타벅스엔 '쵸코 퍼지 케이크'라는 메뉴가 있었다. 쵸코 머핀에 에스프레소를 부으면 갈색빛 스펀지가 윤택을 발하며 변화하는, 조금은 로맨틱한 빵. 그 빵과의 시간은 어느새 내게 일과가 되었다. 혼자 나와 살기 시작한지 1년. 일이 끝나도 좀처럼 집으로 향하지 못했던 발걸음은 동네 인근의 카페를 전전했다. 커피를 좋아하는 것도 아니면서 들어가 카푸치노나 라테를 시키고, 맛도 잘 모르면서 비어버린 시간을 이런저런 빵으로 채웠다. 데니쉬, 스콘, 페이스트리, 티라미스나 밀푀유…

'걷고 싶은 거리'라는 이름을 얻기 전의 홍대 인근을 걸었고, 체인 커피숍들의 얼마 되지 않는 디저트를 습관처럼 집어 들었다. 세상의 빵은 수백 가지가 넘고, 좋아하는 빵을 찾기까지의 길은 그보다 더 하겠지만, 내가 빵에 집착한 건 분명 맛 때문이 아니다. 돌연 비어버린 시간이 빵을 찾게 했고, 커피와 한 조각을 주문하면 찾아오는 늦은 오후의 한 폭이 내가 택한 여기가 아닌 어딘가였다. 블랙이거나 브라운이거나, 단지 농도가 변해갈 뿐인데, 한결 질펀해지는 촉감의 머핀 한 조각은 때로는 30분, 때로는 한 시간, 어쩔 땐 몇 입을 대지도 않고 일어났다. 어찌 보면 하염없는 실패의 연속. 빵은 그곳에 있었다.

하루를 끝내고 싶지 않을 즈음, 빵이 있었다. 공덕동에서 604번 버스를 타고 홍대 골목의 2층 커피숍에 앉으면 눈 아래로 내가 알던 시간이 굴러갔다. 쇼핑을 하거나, 대화를 나누거나, 집으로 돌아가는 그런 길의 시간이 보였다. 이유를 찾아보면 빵과 나 사이에 아무런 연결고리가 없는 건 아니지만, 빵은 어느새 무의식의 습관처럼 되어버렸다. 영국에서 애프터눈티를 마시고, 일본에서 오후 3시의 간식을 얘기하는, 그런 게 아닌 아무 의미도, 가치도 없는 이상한 습관 같은 것.

잘 찾는 메뉴가 아니었던지, 들어가면 쇼케이스 구석의 머핀을 확인하는 긴장이 있었지만, 빵을 곁에 둔 시간은 일상인듯, 일상이지 않은 듯 늦은 저녁처럼 쓸모가 없었다. 이 시간을 나는 무어라 얘기할 수 있을까. 허기를 채우는 것도, 누군가를 기다리는 것도 아닌, 머핀 한 조각과 마주하는 고작 테이블 하나의 시간을 나는 무어라 얘기할 수 있을지 모르겠다. 집에 가는 도중 한 시간 남짓의 허송세월에 의미는 있는걸까. 노트를 꺼냈다. 무라카미 하루키를 읽었다. 창밖을 내다봤고 지나간 일들을 더듬었다. 나 홀로, 그리고 빵과 함께. 세상엔 어쩌면 빵과의 시간이 흘러간다.

쵸코 퍼지 케이크는 지금 없다. 유행이 유행을 밀어내는 시대에 대수롭지 않은 일이지만, 나는 지금까지 그 시절의 나른한 시간을 왜인지 기억한다. 매일같이 쌓여가던 우유부단, 달래지 못한 허무함을 안은 채 돌아가던 길, 가게 간판의 네온이 켜지던 무렵의 밤하늘을 기억한다. 이제와 돌아보면 빵과 함께했던 시간. 내게 흘러갔던 빵의 시간과 내가 아닌 나, 나를 닮은 나를 찾아 헤매던 시간. 에스프레소에 젖은 머핀 맛은 아련해졌지만, 그 시절의 맛은 왜인지 남아 아직도 종종 그립곤 하다. "방금 다 나가버렸어요.' 점원의 이 외마디가 이렇게 선명한 건, 나와 나의 빈 자리의 시간이어서가 아니었을까.

10년이나 넘게 지나 머핀의 빈 자리가 생생하다. 요즘은 체인 빵집에서 머핀을 세개 들이 한 봉지로 판매하고, 크랜베리거나, 치즈거나, 견과류를 넣은 머핀들이 무수한 빵에 묻혀 팔려가지만, 머핀에 담긴 딱 그 만큼의 시간은 지금 여기 어디에도 없다. 잠깐의 샛길, 꾀병을 위장한 휴식, 수십 일을 채워냈던 텅 빈 시간의 공간. 떠나버린 머핀에서 남아있는 머핀을 바라본다. 몇 년이 지나 머핀 틀 앞에서 짤주머니를 쥐고 있던 나의 그림은, 어쩌면 이미 예고되어 있었는지 모른다.

빵과의 만남은 묘한 시간에서 찾아온다. 별 다른 관심 없이 지나쳤던 빵이 뒤늦은 추억이 되고, 좀처럼 입에 맞지 않아 쳐다보지 않던 멜론빵을 찾아 헤매는 날이 오기도 한다. 어릴 적엔 딱딱하다 뱉어냈던 바게트가 그저 싸구려라 그런 줄 알았지만, 그건 아마 내가 아직 덜 자랐기 때문이었을지 모른다. 초콜릿을 좋아한다 생각했고, 똑같이 달아도 캬라멜은 지저분하고 초콜릿이 단아하고 단정하다 느꼈지만 나는 고작 몇 년 전 가장 맛있는 캬라멜 마키아토를 일본 시골 작은 카페에서 만났다. 그리고 프랑스 빵이 다 딱딱한 건 아니다. 그저 내가 준비가 덜 됐거나, 그쪽이 준비가 덜 됐거나. 만남이 타이밍이란 건 왜 항상 뒤늦게 알게 될까.

10여 년 전 내가 먹은 머핀은 진한 커피 향이 났고, 어쩌면 내게 빵이 아니었을지 모른다. 하지만 그러한 어긋남이 빵과의 시간을 쌓아간다. 홀랑 까먹고 봉지를 버려버리는 빵이 아닌, 무심코 지나쳤지만 어딘가 남아있는 빵. 2년 전 하얀 조리복을 입고 오븐 앞에 섰던 나를, 나는 오래전 빵을 전전하던 날들만큼 설명할 수가 없다. 아마도 어느 새벽 벌어진 일. 허무한 두세 시간을 채워줬던 머핀은 고작 50그램 정도였다. 계란을 풀고, 설탕을 넣고, 버터를 녹이고. 휘젓고 휘젓고.

세월이 흘러 그렇게 잘 되지 않았던 짤주머니의 애씀이 이제는 머핀의 텍스쳐임을 안다. 틀 안에 일정하게 반죽을 채워넣기 위해 떨리던 손의 창피함이 머핀의 식감임을 안다. 4X6의 틀을 고이 채워 오븐에 넣고 한참을 기다리면, 틀 안에 보이지 않던 속살이 부풀어 오르고, 아슬아슬한 그 순간이 어김없는 탄생의 시간임을 안다. 세상엔 왜인지 타이밍이 알려주는 비밀이 있다.

시간이 흘러 홍대를 걷는다. 나이와 함께 동선은 달라졌지만, 발끝이 향하는 방향은 왜인지 닮아있다. 지난 달 우연히 들렀던 합정동의 컵케이크 집은 어느새 문을 닫았다. 애매해진 시간을 채우러 들어간 그곳에서의 20여 분은 이제 어디에도 없는 시간이 되었다.

하지만 나는 그곳에서 컵케이크의 시간을 보았다. 아담한 접시 위에 작은 포크가 함께 놓인 컵케이크에 작고 조용하게 흘러가는 시간. 점심 시간의 수선함이 사그라든 햇살 아래 작은 포크와 컵케이크가 놓인 자리. 유산지를 살짝 벗겨가며 포크를 손에 쥐는 동작은 결코 머핀의 리듬이 아니다.

《섹스 앤 더 시티》에서 캐리가 집앞 계단에서 머핀을 베어 물 때, 지극히 일상인 그 움직임이 내가 만난 머핀의 첫 감촉이라면, 작은 포크로 살짝 덜어내는 느림의 컵케이크는 그곳에만 존재하는 딱 한 번의 순간이다. 컵케이크는 가장 작은 방식으로 빵의 시간을 알려준다. 머핀과 비슷해 보여도 끝도 없이 변화하고, 고작 5밀리미터 크기의 당근 장식 하나 없고 새로운 컵케이크가 되는, 달력 속 빨간 날과 같은 컵케이크.

내가 갈구했던 오래전의 잃어버린 시간은 어쩌면 스펀지 위에 얹어지는 버터 크림과 조금 반짝이는 스파클링이 아니었을까. 상수동의 '컵케이크 치카리셔스'에서 오래전 바라봤던 내일과 마주했다. 지금 그 가게는 논현동으로 자리를 옮겼다.